Luciano Subirá

AUTOR DO *BEST-SELLER* **ATÉ QUE NADA MAIS IMPORTE**

DE TODO O CORAÇÃO

{ VIVENDO A PLENITUDE DO AMOR AO SENHOR
EDIÇÃO REVISADA E AMPLIADA }

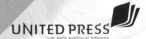

©2020 por Luciano Pereira Subirá

1ª edição: fevereiro de 2020
2ª reimpressão: julho de 2023

REVISÃO
Josemar de Souza Pinto
Raquel Fleischner

CAPA
Rafael Brum

DIAGRAMAÇÃO
Sonia Peticov

EDITOR
Aldo Menezes

COORDENADOR DE PRODUÇÃO
Mauro Terrengui

IMPRESSÃO E ACABAMENTO
Imprensa da Fé

As opiniões, as interpretações e os conceitos emitidos nesta obra são de responsabilidade do autor e não refletem necessariamente o ponto de vista da Hagnos.

Todos os direitos desta edição reservados à
EDITORA HAGNOS LTDA.
Rua Geraldo Flausino Gomes, 42, conj. 41
CEP 04575-060 — São Paulo, SP
Tel.: (11) 5990-3308

E-mail: hagnos@hagnos.com.br
Home page: www.hagnos.com.br

Editora associada à:

Dados Internacionais de Catalogação na Publicação (CIP)
Angélica Ilacqua CRB-8/7057

Subirá, Luciano Pereira

De todo o coração: vivendo a plenitude do amor ao Senhor / Luciano Pereira Subirá. — São Paulo: Hagnos, 2020.

Bibliografia

ISBN 978-85-243-0590-0

1. Deus: amor
2. Vida cristã
3. Espiritualidade
4. Palavra de Deus
I. Título

19-2731
CDD 248:4

Índices para catálogo sistemático:
1. Vida cristã 248.4

SUMÁRIO

Apresentação.. 5

1. Primeiro Mandamento 7
2. Pergunta crucial 29
3. Escravo por amor 53
4. Dívida de gratidão...83
5. Doar-se a Deus 107
6. Amor incorruptível 131
7. Voltar ao primeiro amor.....................................147
8. Amor e obediência 169
9. Amor transbordante..189
10. Amor total 201

Referências bibliográficas 215

Notas..219

APRESENTAÇÃO

Esta é uma nova edição do livro *De todo o coração*, publicado originalmente em 2009. Os títulos e a ordem dos capítulos permanecem os mesmos, com o acréscimo de um capítulo escrito por meu filho, Israel Subirá. A participação dele ressalta a importância da continuidade geracional da chama da paixão por Jesus, além de ser um impulso para que esta poderosa mensagem alcance gerações distintas.

Acredito ser importante compartilhar como nasceu a ideia de uma nova edição. Desde o lançamento, eu já projetava acrescentar dois capítulos. O primeiro, intitulado "Escravo por amor", falaria do servo da orelha furada, assunto que, na época, eu necessitava meditar e refletir mais. O segundo, que entrou somente agora, receberia o título de "Amor total", mas o engavetei por não conseguir resolver um dilema. Ao citar trecho do livro de Deuteronômio, sobre amar a Deus de todo o coração, alma e forças (Deuteronômio 6:5), Jesus amplia um pouco a aplicação de como amar a Deus no aspecto da intensidade, acrescentando a expressão "de todo o entendimento", e eu não compreendia a razão — não até o Israel me abrir o entendimento.

Meu filho pregaria em nossa igreja, Comunidade Alcance de Curitiba (PR), e submeteu o conteúdo de sua mensagem à minha avaliação.

Enquanto lia, não podia deixar de pensar neste livro. Sem perceber, Israel não apenas desengavetou meu projeto de capítulo, mas respondeu a meus questionamentos. Fiz questão de que fosse ele que escrevesse sobre o tema, e não eu. Acho linda a forma com que Deus trabalha! Ele entrega a cada um *parte* do que deseja revelar; assim, não há espaço para autossuficiência, e podemos viver interdependência com os membros do Corpo de Cristo.

O livro, em essência, é o mesmo, porém reescrito, atualizado e ampliado. Diferente da primeira versão, agora contém bibliografia e citações, que julguei importante incluir. Deus tem transmitido a outros irmãos o mesmo entendimento, porém com perspectivas distintas e complementares, cuja convergência você encontrará nestas linhas.

Embora não alterem o mérito do que já estava escrito, tais acréscimos validam e confirmam o conteúdo – que não é novidade nem invenção de agora, uma vez que trata de princípios bíblicos antigos, registrados e experimentados há muito tempo. Entretanto, assim como meu amor pelo Senhor amadureceu, este livro também cresceu.

Com as alterações, meu intuito é que a mesma mensagem alce novos voos, atinja outros ângulos e impacte profunda e profeticamente todos os leitores, tanto os que já leram a primeira versão, como os que lerão pela primeira vez, agora, a nova edição.

Luciano Subirá
Orvalho.Com

Primeiro Mandamento

*O primeiro pecado [de Adão] foi
o único pecado no Antigo Testamento:
o de não amar a Deus.*
WATCHMAN NEE

Minha esposa e eu, desde bem cedo, ensinamos nossos filhos a amarem ao Senhor acima de todas as coisas. De tanto ouvirem a máxima "Deus vem antes de tudo", eles incorporaram a mensagem. Não poucas vezes, os dois nos surpreenderam com respostas práticas e desconcertantes.

Um dia, como quem imita um fisiculturista, fiz pose de "fortão" e perguntei ao mais velho, Israel:

— Quem é o cara mais forte do mundo?

— Jesus! — Quase que não deu tempo de eu terminar a pergunta.

Sem graça por não ter alcançado o objetivo, disse-lhe:

— Sim, mas e depois de Jesus?

— Ah, depois de Jesus, é você!

Não satisfeito, decidi tentar de novo outro dia — e com outro alvo. Ajustei a mira e disparei a brincadeira em direção à Lissa, nossa caçula:

— Quem é o pai mais lindo do mundo?

— Deus! — Ela nem titubeou.

— Mas... e depois de Deus?

— Ah, bom! Depois de Deus, é você, papai!

Se você perguntar aos meus filhos quem é a pessoa que eles mais amam, a resposta será Deus. Foi assim quando crianças. Hoje, depois de crescidos, não será diferente. Fico muito feliz, pois vejo que amadureceram conservando valores corretos. Israel e Lissa estão firmados sobre o que é mais importante.

É isso que você vai encontrar nestas páginas. Um prumo que não apenas alinhou meus filhos, mas tem ajustado meu próprio relacionamento com o Pai Celeste. Primeiro, foram gotas. Então, já possuía água suficiente para encharcar. Hoje, talvez eu já possa mergulhar — porém a consciência é de que ainda há um oceano à frente.

A primeira lição desta escola é central: não basta dar a Deus *certa* atenção — Ele quer *toda* a atenção. Ele espera de nós amor total. Tal verdade precisa atravessar nosso coração até o último dia. Vale lembrar que, enquanto o Senhor não for a pessoa mais importante, o que há de mais valioso, também não será possível alcançar aquilo que Ele espera, ou seja, será impossível viver plenamente Sua vontade.

Na Bíblia, esse princípio permeia histórias como a de Abraão, a quem Deus pediu um sacrifício escandaloso: o do próprio filho, Isaque, o esperado filho da promessa. O Senhor espera ocupar, de fato, o primeiro lugar. Ninguém pode ocupar tal espaço, nem mesmo aqueles a quem mais amamos neste mundo. A primazia é devida a Deus — e somente a Ele.

Isso é evidente nos ensinos do Senhor Jesus, registrados nos evangelhos:

> *Quem ama o seu pai ou a sua mãe* MAIS DO QUE A MIM *não é digno de mim; quem ama o seu filho ou a sua filha* MAIS DO QUE A MIM *não é digno de mim* [grifos do autor].

MATEUS 10:37

Cristo enfatizou: devemos amar a Deus mais do que a qualquer pessoa, acima de tudo. Nada nem ninguém deve ocupar essa cadeira – o lugar é reservado, exclusivo, só dEle.

PRIMEIRO E PRINCIPAL

Amar ao Senhor não é uma opção para a vida cristã; é condição. Amar ao Senhor é um mandamento e deve ser admitido como tal. Além disso, sua posição entre os demais precisa receber destaque: trata-se do *primeiro* mandamento.

No Antigo Testamento, é ele que encabeça os Dez Mandamentos, revelados a Moisés. Já no Novo Testamento, o próprio Jesus confirma a prioridade:

> *Aproximou-se dele um dos escribas que os tinha ouvido disputar, e sabendo que lhes tinha respondido bem, perguntou-lhe: Qual é o PRIMEIRO de todos os mandamentos? E Jesus respondeu-lhe: O PRIMEIRO de todos os mandamentos é: Ouve, Israel, o Senhor, nosso Deus, é o único Senhor. Amarás, pois, ao Senhor, teu Deus, de todo o teu coração, e de toda a tua alma, e de todo o teu entendimento, e de todas as tuas forças; este é O PRIMEIRO MANDAMENTO. E o segundo, semelhante a este, é: Amarás o teu próximo como a ti mesmo. Não há outro mandamento maior do que estes* [grifos do autor].

MARCOS 12:28-31, ARC

Nas versões *Nova Almeida Atualizada* (*NAA*) e *Almeida Revista e Atualizada* (*ARA*), em vez de "primeiro", o termo utilizado é "principal". *A Nova Versão Internacional* (*NVI*) traduziu por "o mais importante". A palavra empregada no original grego é *protos* (πρωτος), e seu significado, de acordo com Strong, é: "primeiro no tempo ou lugar, em alguma sucessão de coisas ou pessoas; primeiro na posição; principal". A expressão era utilizada para indicar influência e honra, ou a posição de chefe. Observada a origem linguística, é possível ampliar a interpretação do texto bíblico: amar a Deus é o "primeiro" e também o "principal" mandamento.

DE TODO O CORAÇÃO

Vemos que tanto a pergunta do escriba como a resposta de Jesus apontam uma ordem de importância. Assim sendo, surge a pergunta: destacar um mandamento não diminui os outros? A resposta é não. Entretanto, as Escrituras deixam claro que o cumprimento do mais importante influencia a prática dos demais.

Jesus foi direto ao cerne do ensino bíblico: o amor. Por quê? Porque há algo extraordinário em amar. Antes de tudo e todos, Deus pede que O amemos, e não é por acaso. Sem amá-lO, não encontramos a fonte inesgotável do próprio amor, a qual também permite amar verdadeiramente ao próximo. Deus é amor. Você entende a profundidade? Sem que nos misturemos com Ele, em íntima comunhão, não teremos recursos nem condições para amar outra pessoa! Precisamos do Amor para amar. Dutch Sheets, em seu livro *O meu maior prazer*, fala acerca disso:

> A nossa ligação com Ele afeta tudo, inclusive todos os outros relacionamentos. Deus é amor, e conhecê-lO desperta amor em nós, tanto por Ele quanto pelos outros (ver 1 João 4:7,8). Quanto mais nos conectarmos a Deus e à Sua natureza amorosa, melhores amantes seremos para as nossas famílias, amigos e semelhantes.

Ainda há mais no texto de Marcos que me impressiona. Deus não somente pede que o amor seja de coração, alma, entendimento e forças, mas define a intensidade: de *todo* o coração, de *toda* a alma, de *todo* o entendimento e de *todas* as forças. Ele Se manifestou tremendamente exigente: não deseja de nós amor parcial. Nada O satisfaz, a não ser amor total, isto é, cada parte aplicada completamente em amor.

Eis a razão pela qual o dever de amá-lO – em intensidade total – constitui o mais importante: seu cumprimento motiva e impulsiona a obediência dos demais mandamentos. Se O amamos com tudo que somos, isso quer dizer que todo o nosso ser está entregue em amor – coração, alma, entendimento, forças, tudo, e não só uma porção. Então, siga o raciocínio: se não há nenhuma parte de nós que não esteja amavelmente rendida, que parte de nós recusará obedecer?

Vamos caminhar nessa lógica mais um pouco. Se todas as partes de nosso ser O amarem, todas também desejarão agradá-lO, todas almejarão satisfazer a vontade do Amado. Uma a uma, todas se entregarão à obediência – não por obrigação, não por religiosidade, mas por amor. Não significa que não pecaremos nunca mais, contudo o amor a Ele será combustível ao arrependimento, impulso à mudança, motivo de uma busca constante pela obediência como estilo de vida. Amar a Deus de todo o coração leva à transformação.

No primeiro e principal mandamento, fica clara qual é a expectativa do Pai Celestial quanto ao nosso relacionamento com Ele – não somente *o que* devemos fazer, mas *como*. Não é só amar, mas amar intensamente, completamente, de todo o ser. É sobre esse fundamento que a casa espiritual deve ser erguida, tijolo por tijolo – ou melhor, obediência por obediência. Se esse amor total for a base, que belo edifício levantaremos!

MALDIÇÃO NA IGREJA

Há uma maldição que assola a muitos na Igreja de Jesus Cristo. Faço essa afirmação ciente de que se trata de um assunto controverso.

Alguns questionariam: "Você não sabe que Jesus já Se fez maldição em nosso lugar para livrar-nos da maldição e dar-nos a bênção?"

É fato que Cristo Se fez maldição por nós para que recebêssemos a bênção (Gálatas 3:13-16); contudo, isso não significa que não haja mais maldição, ou que alguém que nasceu de novo não possa estar debaixo do efeito dela.

Note que Cristo morreu para que nossos pecados não tenham mais domínio sobre nós (Romanos 6:14), porém pecados continuam a existir e ainda é possível pecar. O que a obra da cruz determina é que o pecado não precisa mais nos governar – o que também vale para a maldição. Podemos exercer domínio em vez de sermos dominados.

A realidade posicional em Cristo não é de cumprimento automático, tampouco anula a existência de maldição. Uma das provas é que o Novo Testamento ainda fala dela, citando gente que, distintamente de quem frutifica e é abençoado, *está perto da maldição* (Hebreus 6:8).

Mesmo ciente de que Deus *nos abençoou com todas as bênçãos espirituais nas regiões celestiais em Cristo* (Efésios 1:3) e que essa é a nossa posição de direito, afirmo que há crentes que jamais chegarão a usufruir plenamente a sua herança.

Por quê?

Porque, quando quebram um princípio divino, acionam contra si mesmos uma lei estabelecida na Palavra de Deus. De que princípio tratamos aqui? Do amor! Enquanto não entenderem e praticarem o poderoso princípio do amor, não haverá confissão de fé que lhes garanta viver na plenitude da bênção divina!

Quando não oferecemos a Deus o amor devido, estamos em rebeldia ao Seu *primeiro* e *maior* mandamento. Observe o que Paulo afirmou:

> *Se alguém NÃO AMA O SENHOR, seja ANÁTEMA. Maranata!* [grifos do autor].

1CORÍNTIOS 16:22

O *Dicionário Vine* apresenta "anátema" como o equivalente grego à palavra *cherem*, que, no hebraico do Antigo Testamento, significa "consagrado à destruição, amaldiçoado". Também enfatiza que os exemplos de uso no Novo Testamento apontam sempre para *maldição* (Atos 23:14; Romanos 9:3; 1Coríntios 12:3; Gálatas 1:8,9).

R. N. Champlin, em sua obra *O Novo Testamento interpretado versículo por versículo*, comenta que "originalmente essa palavra indicava uma oferta votiva, apresentada no templo". O autor ainda acrescenta: "... tal vocábulo veio a indicar algo que uma deidade podia ou aprovar ou amaldiçoar. Daí veio a significar um objeto de uma maldição".

Para completar, temos a definição do termo grego *anathema* segundo o *Léxico de Strong*: "algo preparado ou separado para ser guardado ou dedicado; especificamente, uma oferta resultante de um voto, que depois de ser consagrada a um deus era pendurada nas paredes ou colunas do templo, ou colocada em algum outro lugar visível; algo dedicado a Deus sem a esperança de recebê-lO de volta, referindo-se a um animal doado para ser sacrificado; daí, uma pessoa ou algo destinado à destruição; uma maldição, uma praga; um homem amaldiçoado, destinado à mais terrível das tristezas e angústias". Em suma, não há como amenizar a interpretação.

Há muitas pessoas nas igrejas que não entendem o porquê de não alcançar aquele lugar de completa realização em Deus. Fazem tudo o que lhes mandam, todo tipo de "campanhas" e "receitas milagrosas", mas, ainda assim, não conseguem encontrar uma vida plena de bênçãos. A verdade é que uma *maldição* as mantém cativas à tristeza e à angústia – consequência de um pecado: a falta de amor ao Senhor. Se há um contraste enorme com o primeiro e principal mandamento, logo, é inadmissível na vida de qualquer discípulo de Cristo.

Na mesma obra citada anteriormente, Champlin transcreve um pensamento atribuído a John Short. Perceba a seriedade para com o dever de amar ao Senhor:

> Tão total era seu próprio amor e sua devoção de todo o coração a Jesus Cristo que ele (Paulo) não podia tolerar qualquer coisa menos, entre os crentes professos. Vinha ele insistindo, por toda essa epístola, que um grande amor a Cristo deve ser expresso mediante uma vida cristã coerente. Sabia o apóstolo que somente assim o evangelho cristão poderia recomendar-se

ao mundo de sua época, um mundo que precisava ouvir desesperadamente o evangelho. E esta é a verdade em todas as épocas. Para o devotado apóstolo Paulo, tudo quanto ficava aquém dessa lealdade se assemelhava a tratar ao Senhor com desprezo. A incoerência, em um crente professo, levaria a causa do cristianismo a sofrer derrisão, por parte da comunidade pagã que desejasse conquistar.

BÊNÇÃO *VERSUS* MALDIÇÃO

As Escrituras Sagradas mostram claramente que são escolhas que determinam bênção ou maldição sobre nossa vida. Ao conceder livre-arbítrio ao homem, Deus também o conscientizou acerca dos resultados desse direito:

> *Hoje tomo o céu e a terra por testemunhas contra vocês, que lhes propus a vida e a morte, A BÊNÇÃO E A MALDIÇÃO; ESCOLHAM, pois, A VIDA, para que vivam, vocês e os seus descendentes* [grifos do autor].
>
> DEUTERONÔMIO 30:19

A mensagem bíblica é clara. Há dois caminhos: *vida e bênção* ou *morte e maldição*. Quem escolhe? O homem, e não Deus! Da parte dEle, há o conselho: "escolham a vida", porque é o caminho de bênção, é a escolha certa.

Mas como escolher vida e, consequentemente, bênção? Optando por obedecer aos mandamentos. Observe o contexto no qual está inserido o conselho divino pela vida:

> *Vejam! Hoje coloco diante de vocês a vida e o bem, a morte e o mal. Se guardarem o mandamento que hoje lhes ordeno, que amem o SENHOR, seu Deus, andem nos seus caminhos e guardem os seus mandamentos, os seus estatutos e os seus juízos, então vocês viverão e se multiplicarão, e o SENHOR, seu Deus, os abençoará na terra em que estão entrando para dela tomar posse. Mas, se o coração*

PRIMEIRO MANDAMENTO

de vocês se desviar, e não quiserem ouvir, mas forem seduzidos, se inclinarem diante de outros deuses e os servirem, então hoje lhes declaro que, certamente, perecerão; não permanecerão muito tempo na terra na qual, passando o Jordão, vocês vão entrar para dela tomar posse. Hoje tomo o céu e a terra por testemunhas contra vocês, que lhes propus A VIDA E A MORTE, A BÊNÇÃO E A MALDIÇÃO; escolham, pois, a vida, para que vivam, vocês e os seus descendentes, amando o SENHOR, seu Deus, dando ouvidos à sua voz e apegando-se a ele; pois disto depende a vida e a longevidade de vocês. Escolham a vida, para que habitem na terra que o SENHOR, sob juramento, prometeu dar aos pais de vocês, a Abraão, Isaque e Jacó [grifos do autor].*

DEUTERONÔMIO 30:15-20

A obediência produz bênção, e a desobediência produz maldição. Um pouco antes, Deus já havia dito:

SE VOCÊS OUVIREM ATENTAMENTE A VOZ DO SENHOR, seu Deus, tendo o cuidado de guardar todos os seus mandamentos que hoje lhes ordeno, o SENHOR, seu Deus, exaltará vocês sobre todas as nações da terra. Se ouvirem a voz do SENHOR, seu Deus, sobre vocês virão e OS ALCANÇARÃO TODAS ESTAS BÊNÇÃOS [grifos do autor].

DEUTERONÔMIO 28:1,2

Todas as bênçãos citadas no capítulo 28 seguiriam o povo de Deus caso houvesse disposição de andar sob os mandamentos do Senhor. Contudo, se decidissem não obedecer, então seriam perseguidos por maldições:

Porém, SE NÃO DEREM OUVIDOS À VOZ DO SENHOR, seu Deus, deixando de cumprir todos os seus mandamentos e os seus estatutos que hoje lhes ordeno, então virão sobre vocês e OS ALCANÇARÃO TODAS ESTAS MALDIÇÕES [grifos do autor].

DEUTERONÔMIO 28:15

A bênção é uma intervenção divina que nos leva a experimentar coisas melhores, que estão além do que conseguiríamos com nossa própria capacidade. Pense em sua vida como uma lavoura. Há um potencial de produção que é natural, consequência de lavrá-la com os recursos naturais disponíveis. Com a bênção divina, é possível obter resultados muito melhores, que desafiam o plano natural. Por outro lado, a maldição é um juízo divino que permite a ação maligna, ou seja, seguindo a mesma analogia, a lavoura fica muito mais sujeita a perdas e prejuízos.

Uma vez estabelecido o fundamento de que a *escolha* do homem pela obediência leva à bênção e, pela desobediência, à maldição, olhemos mais uma vez para o princípio de amar ao Senhor. Como mandamento da Palavra de Deus – primeiro e principal –, é correto constatar que desobedecer-lhe implica maldição. Como bem disse Paulo, quem não ama ao Senhor, "seja anátema".

Vivemos dias de uma grande colheita espiritual, em que milhares se convertem ao Senhor. Além de novas igrejas plantadas em número impressionante, as já estabelecidas crescem cada vez mais. Satanás já não pode mais deter o crescimento da Igreja. Assim sendo, ele procura diluir nossa força em Deus, corrompendo-nos em práticas importantes – principalmente na questão do amor ao Senhor. Assim, ele pode manter-nos sob maldição.

As igrejas estão cheias de pessoas que apenas correm atrás de uma *bênção*, mas não cultivam amor ao Senhor em seu coração. São aquelas que aceitam facilmente o conselho da mulher de Jó de amaldiçoar a Deus e morrer (Jó 2:9) assim que percebem que não foram abençoadas ou atendidas em suas demandas.

Tanto o grande avivamento que esperamos como as tremendas bênçãos decorrentes dele dependem de uma nova atitude da Igreja com relação à forma de buscar ao Senhor. Passo agora a mostrar tal verdade por meio de princípios bíblicos.

A maior parte do restante deste capítulo foi extraída e adaptada de outro livro de minha autoria: *A outra face dos milagres*.

PRIMEIRO MANDAMENTO

QUANDO DEUS SE TORNA UM AMULETO

Lemos no capítulo 4 de 1Samuel que a arca da aliança foi tomada. Naquele tempo, um dos netos de Eli foi chamado de "Icabô", que significa "Foi-se a glória de Israel!" – o símbolo por trás do nome é claro: aquela foi uma geração que perdeu a presença de Deus.

A decadência foi tanta naquele período que os filhos de Eli chegaram a ponto de se prostituírem na entrada da casa de Deus, o que não ficou impune.

Por pecarem gravemente contra o Senhor, também foram julgados por Ele. Com o assalto à arca, todo o povo encontrou-se privado da presença divina, sem acesso à glória.

Por que uma história assim foi registrada nas Escrituras? O apóstolo Paulo diz: *Estas coisas aconteceram com eles para servir de exemplo e foram escritas como advertência a nós, para quem o fim dos tempos tem chegado* (1Coríntios 10:11). A resposta é que há uma lição a ser extraída: a atitude da geração de Eli tornou-se modelo do que nós não devemos fazer. Estamos diante de um exemplo a não ser seguido.

Mas por que aquela geração perdeu a presença de Deus? Onde ela falhou?

Os registros são de que havia descaso dos sacerdotes para com a presença de Deus em Siló, onde estava o Tabernáculo. Não havia interesse pela casa do Senhor, por buscar Sua face, tampouco por adorá-lO devidamente. Contudo, nas dificuldades, recorriam a Deus. Essa foi a falha! A busca era egoísta, somente na hora do caos. A geração de Eli quis fazer da presença de Deus uma espécie de amuleto que resolveria todos os seus problemas.

Vamos detalhar a história.

Israel saiu à batalha e encontrou a derrota diante dos filisteus (1Samuel 4:1-3). Com medo de outro revés, o povo mandou buscar a arca de Deus. Isso revela tanto a falta de liderança, quando o povo é que decide o que deve ser feito, como também a mentalidade coletiva de descaso para com a presença do Senhor:

> *Então O POVO MANDOU TRAZER DE SILÓ A ARCA DO SENHOR DOS EXÉRCITOS, entronizado entre os querubins. E os dois filhos de Eli, Hofni e Fineias, estavam ali com a arca da aliança de Deus.*
>
> *Quando a arca da aliança do SENHOR chegou ao arraial, os israelitas gritaram tão alto, que o chão tremeu. Os filisteus ouviram a voz do júbilo e disseram:*
>
> *— Que voz de grande júbilo é esta no arraial dos hebreus?*
>
> *Então souberam que a arca do SENHOR havia chegado ao arraial. E os filisteus ficaram com medo e disseram:*
>
> *— Os deuses vieram ao arraial.*
>
> *E diziam mais:*
>
> *— Ai de nós! Porque nunca antes aconteceu uma coisa dessas. Ai de nós! Quem nos livrará das mãos desses deuses poderosos? São os deuses que atacaram os egípcios com todo tipo de pragas no deserto* [grifos do autor].
>
> 1SAMUEL 4:4-8

Note que até os filisteus ficaram com medo da arca, isso porque eles, gentios pagãos, acreditavam na força de amuletos. Tudo indica que os filhos de Israel haviam adotado tal forma mundana de pensamento.

Para aquela geração dos filhos de Israel, Deus já não era mais o Criador e Sustentador de todas as coisas; já não era o Salvador do Seu povo; já não era Aquele que é digno de honra e glória. O templo estava desprezado em Siló. As pessoas não se dirigiam à Presença para reverenciar, ou para declarar amor, ou para confessar confiança e dependência. Lembravam-se de Deus exclusivamente nas horas de "aperto" – pior ainda, mesmo em necessidade, a busca não era pela *presença* dEle, mas pelo poder do amuleto. Ordenaram que fosse trazida a arca para que o problema cessasse. Os que fazem de Deus um mero "resolve-tudo" não se dão ao luxo de buscá-lO, porque desejam somente a mágica.

Em décadas de experiência pastoral, conheci muitos que não priorizam a presença do Senhor. Quando convidados aos cultos, nunca podem; porém, basta chegar qualquer situação difícil, e já começam a ligar para saber se eu posso orar com eles – de preferência, em sua casa. Quando chamados a cultuar ao Senhor e render-Lhe glória, não querem; já quando os negócios vão mal, pedem oração. E não me refiro ao não convertido, de quem se pode esperar esse tipo de comportamento. Difícil é entender quando provém de um cristão mais antigo na fé.

Devemos adotar uma postura de temor e amor ao Senhor em vez de tratá-lO como empregado. A motivação da busca não pode ser como a da geração de Eli, que não almejava nada, senão lucro. Deus não é um "resolvedor de encrencas". Manter um relacionamento com Ele sobre tais motivações traz juízo: perde-se a presença – e não há perda maior que essa.

Então os filisteus lutaram. E Israel foi derrotado, e cada um fugiu para a sua tenda. Foi uma grande derrota, pois foram mortos de Israel trinta mil homens. A arca de Deus foi tomada, e os dois filhos de Eli, Hofni e Fineias, foram mortos. [...]

A nora de Eli, a mulher de Fineias, estava grávida e próxima do parto. Quando ela ouviu estas notícias, de que a arca de Deus havia sido tomada e de que seu sogro e seu marido tinham morrido, encurvou-se e deu à luz; porque as dores lhe sobrevieram. Quando ela estava morrendo, as mulheres que a ajudavam disseram:

— Não tema, porque você teve um filho.

Ela, porém, não respondeu, nem fez caso disso. Mas deu ao menino o nome de Icabô, dizendo:

— Foi-se a glória de Israel.

Ela disse isto, porque a arca de Deus havia sido tomada e por causa de seu sogro e de seu marido. E falou mais:

— Foi-se a glória de Israel, pois a arca de Deus foi tomada.

1Samuel 4:10,11,19-22

A perda da glória foi tão terrível que a nora de Eli pareceu sofrer mais com ela do que com a morte do sogro e do marido — na verdade, mais do que com a própria morte, que estava prestes a acontecer. Aquela mulher deu nome ao filho em lamento pelo assalto da arca, e não pela tragédia que acometeu sua família e sua vida! Declarou ao mundo, de forma definitiva, qual havia sido a grande perda do povo de Israel.

Hoje, a Igreja vive sob o mesmo perigo. Ao deixar de adorar ao Senhor pelo que Ele é para buscá-lO apenas pelo que Ele faz, corre o risco de estar parecida com qualquer seguidor de Satanás. Não, você não leu errado. O diabo não possui seguidores pelo que ele é, pois ele nada é. Quem pactua com ele, o faz em troca de algo: fama, fortuna e outras coisas, pelas quais pagam com sua própria alma. Contudo, não veem em Satanás nenhum atrativo — o que atrai é sua proposta, e não sua pessoa.

Qual é o modelo bíblico de busca correta, aprovada pelo Senhor? Qual padrão de relacionamento com Deus devemos seguir?

Embora a mulher de Jó tenha sugerido que o marido amaldiçoasse a Deus e morresse (Jó 2:9), ele, por sua vez, agiu diferente. Posteriormente, Jó declarou o seguinte: *Ainda que Deus me mate, ele é minha única esperança* (Jó 13:15, *NVT*). Que declaração profunda e profundamente baseada em quem o Senhor é! Mesmo que, além de não fazer nada para socorrer seu servo, Deus ainda decidisse matá-lO — hipótese não tão razoável —, para Jó o Senhor continuaria sendo nada mais, nada menos, que a única esperança! É como se dissesse: "Não importa o que o Senhor faz por mim, mas quem o Senhor é — mesmo que meus pedidos não sejam atendidos, mesmo que eu morra. Deus, tu serás para sempre minha única esperança, meu único Deus, meu único Senhor, meu Único".

O Reino de Deus precisa de mais Jós — mais daqueles que O desejam e decidem buscá-lO pelo que Ele é, e não somente pelo que Ele faz. Isso não quer dizer que é errado buscar aquilo que o Senhor pode fazer, mas, sim, que não se deve abandonar a ênfase em quem Ele é. Amá-lO antecede em prioridade qualquer bênção. Buscar a Pessoa vem primeiro. Sua face antes de Suas mãos. Seus pés antes de Seu movimento. Seu coração antes de tudo.

O Irmão Lawrence, francês do século 17, conhecido pela ênfase e constantes esforços em levar outros cristãos a entenderem o que é permanecer na presença de Deus, afirmou em uma de suas cartas:

> O amor da maioria das pessoas pelo Senhor para em um estágio bem superficial. A maioria das pessoas ama a Deus por causa das coisas tangíveis que Ele concede a elas. Elas O amam por causa do Seu favor. Você não deve parar nesse nível, independente de quanto as misericórdias de Deus foram preciosas para você.

Logo depois, ele arrematou a ideia com esta simples e, ao mesmo tempo, profunda conclusão: "O Senhor não está fora de você, derramando favores. Ele está dentro de você. Busque-O no seu íntimo... e não em outro lugar".

GERAÇÃO DE DAVI

A geração do rei Davi distinguiu-se. Enquanto o povo dos tempos de Eli perdeu a presença do Senhor, Davi fez de tudo para resgatá-la. E conseguiu: a arca voltou ao território de Israel.

A primeira coisa que vem à mente ao falar de Davi é adoração, e não é à toa. Ele experimentou o que Deus podia fazer: matou um leão e um urso, porque o Senhor estava com ele (1Samuel 17:34-37); derrotou Golias, o gigante, porque o Senhor estava com ele (1Samuel 17:38-50); venceu inimigos na guerra, porque o Senhor era com ele (Salmos 18:32-39). No entanto, ainda que sendo prova do alcance do poder divino, tornou-se conhecido pelo louvor.

Davi sabia que o relacionamento com Deus precisava ser muito mais do que uma busca por livramentos e bênçãos, mas uma entrega, uma adoração. Essa postura é constante em seus salmos – de clamores a expressões de devoção, ele compôs diversas canções de amor. Davi representa os que sabem buscar e adorar a Deus por quem Ele é.

Faço um convite para que você use a imaginação e ouça a voz de Davi e outros salmistas. As palavras de adoração escritas por eles ecoam há séculos, mas imagine que "hoje" – peço uma licença poética para datar a eternidade segundo padrões humanos – esses compositores se encontrassem lá no paraíso e criassem um *medley* exclusivo, feito para este exato momento, com o objetivo de despertar você. Construa o cenário mentalmente, então escute-os adorar. Deixe que as palavras movam seu coração, porque este é o exemplo a seguir, este é o tipo de vida que deve inspirar a mim e a você:

> *Desperta, ó minha alma! Despertai, lira e harpa! Quero acordar a alva. Render-te-ei graças entre os povos; cantar-te-ei louvores entre as nações. Pois a tua misericórdia se eleva até aos céus, e a tua fidelidade, até às nuvens. Sê exaltado, ó Deus, acima dos céus; e em toda a terra esplenda a tua glória.*
>
> *Grande é o Senhor e mui digno de ser louvado, na cidade do nosso Deus.*
>
> *Oferecer-te-ei voluntariamente sacrifícios; louvarei o teu nome, ó Senhor, porque é bom.*
>
> *Em Deus, cuja palavra eu louvo, no Senhor, cuja palavra eu louvo, neste Deus ponho a minha confiança e nada temerei. Que me pode fazer o homem?*
>
> *Tu, sim, tu és terrível; se te iras, quem pode subsistir à tua vista? [...] Pois até a ira humana há de louvar-te; e do resíduo das*

PRIMEIRO MANDAMENTO

iras te cinges. [...] tragam presentes todos os que o rodeiam, àquele que deve ser temido.

Quão amáveis são os teus tabernáculos, SENHOR dos Exércitos! A minha alma suspira e desfalece pelos átrios do SENHOR; o meu coração e a minha carne exultam pelo Deus vivo!

Como suspira a corça pelas correntes das águas, assim, por ti, ó Deus, suspira a minha alma. A minha alma tem sede de Deus, do Deus vivo; quando irei e me verei perante a face de Deus? [...] Por que estás abatida, ó minha alma? Por que te perturbas dentro de mim? Espera em Deus, pois ainda o louvarei, a ele, meu auxílio e Deus meu.

Porque a tua graça é melhor do que a vida; os meus lábios te louvam.

SALMOS 57:8-11; 48:1; 54:6; 56:10,11;
76:7,10,11; 84:1,2; 42:1,2,5; 63:3, *ARA*

Deus é o Criador de todas as coisas, que sustenta tudo que existe apenas com Sua poderosa palavra. Apesar de tão perfeito, reduziu-Se até caber em um corpo humano, para identificar-Se com a humanidade. Pagou um preço alto para oferecer graça a uma multidão de pecadores que não merecia nada além de desgraça. Ele é amoroso e benigno. Ele é próximo, e não distante. Humilde, ainda que o mais poderoso. Ele é o único realmente digno de honra, glória e adoração. Ele merece culto, reverência e devoção por toda a eternidade. Diante de quem Ele é, encarando Suas características, fica a pergunta: como relegá-lO a um supermercado ao qual nós nos direcionamos periodicamente apenas para comprar algo?

Davi foi chamado de "homem segundo o coração de Deus" porque suas atitudes agradaram ao Senhor, mas isso não quer dizer que ele tenha sido perfeito. Ao contrário, a Bíblia mostra com clareza falhas e erros do rei de Israel. Porém, arrependido, manteve um firme relacionamento com Deus – maior que seus erros e também maior que suas conquistas, que não foram poucas.

Derrotou inimigos para apropriar-se da Terra Prometida, que nunca havia sido conquistada e ocupada em sua totalidade, além de introduzir o ministério de louvor e música no Tabernáculo. Você percebe que, até em suas realizações, Davi mostrou que estava empenhado em fazer a vontade de Deus e agradá-lO? O pastor de ovelhas erguido ao maior posto de autoridade conseguiu entender o que o Senhor queria para aquela geração, e foi por isso que se empenhou. Não para si, mas para Ele. Não queria fazer sua própria vontade, mas a vontade do Senhor.

É fácil detectar na história de Davi e em seus salmos esse anseio por quem Deus é, muito maior do que a expectativa por aquilo que Ele podia fazer.

Isso porque o rei Davi foi, antes de tudo, um adorador.

O filho que nasceu do adultério com Bate-Seba adoeceu. Davi, então, buscou uma bênção: a cura. Ela não veio, porque tratava-se de uma consequência de pecado. Contudo, quando a criança morreu, o rei não se revoltou contra Deus nem entrou em luto. A Bíblia diz que ele se lavou, mudou de vestes e foi adorar ao Senhor no Tabernáculo. Em seguida, encerrou o jejum e comeu (2Samuel 12:20).

Muitos teriam se voltado contra Deus. Ora, não houve busca? Não houve oração? Então por que o Senhor não respondeu? É bastante óbvio o caminho do engano aqui, que enreda com facilidade muitas pessoas. Davi, não. Por quê? Porque ele sabia que, antes de atentar para o que o Senhor faz, devemos atentar para quem Ele é: ao mesmo tempo que é perdoador, também é justo, ou seja, nunca erra. Olhando para o Justo, e não para a tragédia, entendeu que não havia motivos para questionar; Deus não errara. Naquele momento dificílimo, Davi foi adorar, reconhecendo e exaltando quem Deus é.

PRIMEIRO MANDAMENTO

Repare também no relato de como Davi trouxe de volta a arca do Senhor:

Avisaram ao rei Davi, dizendo:

— O Senhor abençoou a casa de Obede-Edom e tudo o que ele tem, por causa da arca de Deus.

Então Davi foi e, com alegria, trouxe a arca de Deus da casa de Obede-Edom à Cidade de Davi. Quando os que levavam a arca do Senhor tinham dado seis passos, Davi sacrificava um boi e um animal gordo. Davi dançava com todas as suas forças diante do Senhor; ele estava cingido de uma estola sacerdotal de linho. Assim, Davi, com todo o Israel, levou a arca do Senhor, com júbilo e ao som de trombetas. [...]

Levaram a arca do Senhor e a puseram no seu lugar, no meio da tenda que Davi tinha preparado para ela. Então Davi trouxe holocaustos e ofertas pacíficas diante do Senhor. Depois de trazer os holocaustos e as ofertas pacíficas, Davi abençoou o povo em nome do Senhor dos Exércitos. E repartiu a todo o povo e a toda a multidão de Israel, tanto homens como mulheres, a cada um, um bolo de pão, um bom pedaço de carne e passas. Então todo o povo se retirou, cada um para a sua casa.

2Samuel 6:12-15,17-19

Além de demonstrar temor e reverência ao sacrificar bois e carneiros a cada seis passos, Davi fez daquele dia uma festa. Os israelitas ofertaram, cantaram, dançaram e comeram, pois a presença do Senhor voltara a eles. Isso revela que Davi conseguiu comunicar a grande parte daquele povo não apenas a importância de cultuar ao único digno de todo o louvor, mas fazê-lo *com alegria*. O rei conduziu o povo a dar a devida importância à presença da arca e demonstrar isso com júbilo.

Naquele episódio de adoração intensa, chegou a violar as leis de etiqueta real, descobrindo-se diante do povo ao dançar. Sua esposa, Mical, criticou a extravagância. Fica clara a posição dela, interessada somente no que Deus faz, e não em quem Deus é. O resultado não podia ser diferente: por não reconhecer quem Ele é, Mical não chegou a provar o que Ele podia fazer – ficou estéril até o dia de sua morte.

> *Quando a arca do SENHOR estava entrando na Cidade de Davi, Mical, filha de Saul, olhou pela janela. E, ao ver o rei Davi, que ia saltando e dançando diante do SENHOR, ela o desprezou em seu coração. [...]*
>
> *Quando Davi regressou para abençoar a sua casa, Mical, filha de Saul, saiu ao seu encontro e lhe disse:*
>
> *— Que bela figura fez o rei de Israel no dia de hoje, descobrindo-se diante das servas de seus servos, como se descobre um sem-vergonha qualquer!*
>
> *Mas Davi disse a Mical:*
>
> *— Eu fiz isso diante do SENHOR, que me escolheu em lugar de seu pai e de toda a casa dele, ordenando que eu fosse príncipe sobre o povo do SENHOR, sobre Israel. Foi diante do SENHOR que me alegrei. E me farei ainda mais desprezível e me humilharei aos meus próprios olhos. Quanto às servas, de quem você falou, serei honrado por elas.*
>
> *Mical, filha de Saul, não teve filhos, até o dia da sua morte.*
>
> 2SAMUEL 6:16,20-23

Davi não buscava de modo interesseiro nem se preocupava somente consigo mesmo, mas colocava o Senhor à frente. Suas atitudes mostram que, diferentemente da geração apóstata de Eli, ele tratava o Senhor como Deus, e não como um mero amuleto. Em primeiro lugar, Ele. A história e as palavras do mais famoso rei de Israel destilam amor e rendição ao Senhor, e não ganância. Ainda que tendo provado muitas bênçãos, manteve o desejo por um firme relacionamento com o Abençoador – em primeiro lugar e acima de tudo.

O interessante é que quem aprende a maneira certa de achegar-se a Deus também experimenta uma vida marcada pelo que Ele faz. Trata-se de consequência, porque Ele é galardoador dos que O buscam (Hebreus 11:6) — recompensar é parte de quem Ele é, galardoar é traço de Seu caráter. É impossível buscar o Abençoador e não ser abençoado. Você busca quem Ele é, e Ele Se manifesta, Ele mostra Seus atributos.

Isso significa que a reverência ao Senhor é o *meio correto* pelo qual provamos milagres e manifestações maiores — a grande questão é não inverter a ordem: amar vem antes. No livro *A nuvem do não-saber*, o autor anônimo nos adverte:

> Eleve o seu coração a Deus com uma leve comoção de amor; tenha-o como alvo e a nenhum dos seus bens. Além disso, procure não pensar em nada, a não ser no próprio Deus, de modo que não se fie no seu entendimento, tampouco na sua vontade, mas só no próprio Deus. Eis a obra da alma que mais Lhe agrada.

Devemos manter o foco na busca e no reconhecimento de quem Deus é; assim, o que Ele faz, uma inevitável consequência, terá seu lugar em nossa vida. O problema é que temos uma cultura de não valorização da presença divina. Muitos, erroneamente, definem o tempo de adoração em um culto como mera "preparação para a Palavra". Já é hora de a Igreja entender que se trata de muito mais que isso. A música possui um objetivo: louvar e adorar Àquele que é digno, e Ele merece expressões de exaltação e muito mais. Não se trata de entretenimento, mas de rendição. Diz respeito a valorizar a Sua pessoa.

Ainda mais surpreendente é experimentar a resposta do Senhor: Ele vem quando é adorado. Tanto na celebração coletiva como na devoção pessoal, temos na adoração uma das grandes chaves para a manifestação do poder de Deus em nossa vida. Ao honrá-lO pelo que Ele é, experimentar o que Ele faz é consequência natural.

Cheguem perto de Deus, e ele se chegará a vocês.

TIAGO 4:8A

É impossível adorar ao Senhor sem provar Sua ação. Nós damos um passo em direção a Ele, e Ele caminha até nós. É uma lei de reciprocidade.

À medida que nos aproximamos do Senhor em amor e exaltação, Sua presença também vem ao nosso encontro. Como bem ensinou Davi, é em louvor intenso que se traz a arca.

Não tenha dúvida: os milagres acontecerão quando tivermos a presença do Senhor conosco, ainda que não estejamos, necessariamente, buscando por eles. Entretanto, acima de tudo e de todos, que o Amado tenha a primazia.

Encerro citando A. W. Tozer:

> O Dr. Simpson escreveu, em seu famoso hino: "Antes era a bênção, agora é o Senhor. Antes eu queria Seus dons, agora eu quero apenas Ele mesmo."
>
> Esta é a doutrina básica da vida cristã profunda. É a disposição para permitir que o próprio Jesus Cristo seja glorificado em nós e por meio de nós. É a disposição para deixar de tentar usar o Senhor para chegar aos nossos fins e permitir que Ele opere em nós para Sua glória.
>
> Este é o tipo — e o único — de reavivamento pelo qual me interesso, o tipo de reavivamento e renovação espirituais que fará com que as pessoas tremam arrebatadas na presença do Senhor Jesus Cristo.
>
> "Antes era a bênção — agora é o Senhor'!"[1]

---

[1] TOZER, A. W. *Verdadeiras profecias para uma alma em busca de Deus*. São Paulo: Editora dos Clássicos, 2003, p. 394.

PERGUNTA CRUCIAL

*A alma descobre isso em Jesus,
e nada pode fazer a não ser
escolhê-lO e deleitar-se nEle com
um novo e particular amor, que diz:
Meu Amado é meu!*

ROBERT MURRAY MCCHEYNE

Em 1994, no início do segundo trimestre, Deus falou comigo de uma forma tanto diferente quanto impactante. Eu era novo no ministério pastoral, com poucos meses de experiência, apesar de já ter alguns anos como pregador itinerante. Ainda solteiro, morava na cidade de Guarapuava, no estado do Paraná, onde por nove anos cooperei na equipe pastoral da Comunidade Vida. Era uma quinta-feira e eu desfrutava de um delicioso almoço na casa de um querido casal de irmãos da igreja: Barbosa e Dirlei.

Quando me assentei à mesa, senti falta da filha mais nova, Tássia. A mãe disse que ela estava no quarto e não almoçaria conosco. Perguntei se estava doente ou de castigo, mas Dirlei respondeu que não. Contou-me, então, que a menina, de apenas 7 anos, só conseguia chorar e orar desde que acordara por conta de um sonho muito impactante. Curioso, pedi que compartilhasse comigo o que ela havia sonhado. Afinal, não é comum uma criança tão nova preferir ficar trancada no quarto, emocionada e em oração.

A mãe disse que Tássia quase não conseguira compartilhar o ocorrido. Emocionava-se ao lembrar da experiência, chorava muito ao tentar contá-la. Aos poucos, relatou aos pais que sonhara com um de nossos cultos – e eu estava lá.

Ela me viu subir na plataforma para pregar. De repente, o telhado do barracão foi sendo enrolado, ao mesmo tempo que os céus também se abriam. Então o Senhor Jesus desceu até o púlpito da igreja. De forma gentil, abraçou-me e disse que eu podia sentar, porque Ele pregaria naquela noite.

Confesso que fiquei comovido. Não apenas pelo relato em si, mas pela presença do Espírito Santo. Deus queria falar comigo, eu sabia. Haveria culto à noite, e eu estava escalado para pregar – deduzi que o sonho estava relacionado ao que o Senhor desejava para aquela reunião. Almocei o mais rápido que pude e dei um jeito de correr para casa.

Assim que cheguei, prostrei-me ali mesmo, no chão da sala. Orando e clamando por Ele, fui fortemente envolvido pela presença do Senhor. A impressão era muito forte em meu espírito de que Deus queria fazer algo diferente. Entre lágrimas e soluços, supliquei que o Senhor me ajudasse a entender o que significava o sonho de Tássia, bem como o que passou a acontecer comigo desde o momento em que eu o tinha ouvido.

Foi quando ouvi a voz do Espírito Santo e entendi que devia deixar de lado a mensagem previamente preparada. A orientação transmitida pelo sonho não era literal – sentar, desocupar o púlpito e esperar Cristo vir, em pessoa, para pregar em meu lugar. O recado era para que eu abandonasse meu esboço a fim de que Ele pudesse comunicar Sua própria mensagem ao povo.

Obedeci. Renunciei meu plano e perguntei qual era o dEle. Pela segunda vez, o Espírito Santo falou comigo de forma clara:

"Estou tentando falar com minha igreja desde o último domingo, e vocês ainda não me deixaram fazê-lo!"

Além da celebração de domingo, citada pelo próprio Espírito Santo, também já havia acontecido um culto menor na terça-feira à tarde. Naquela quinta-feira, aconteceria a terceira reunião da semana. Escamas caíram de meus olhos e pude entender que já fora alertado antes – eu devia ter levado mais a sério.

No culto de terça-feira, a irmã Maria, que estava conosco desde o início da igreja, também havia compartilhado uma visão fantástica que tivera durante o período de adoração do culto de domingo. Apesar de estar com os olhos abertos e todos os sentidos respondendo normalmente, Maria viu o teto do barracão que abrigava a igreja, composto por ferro e telhas de zinco, abrir-se ao meio, cada metade enrolada para um lado. O céu, por sua vez, também se abriu.

Então vislumbrou uma Pessoa gloriosa, cujo rosto brilhava como o Sol – não podia enxergar Sua forma, dada a intensidade da luz. Envolvido em chamas até a altura da cintura, estava rodeado de anjos. Um dos braços encontrava-se estendido para o lado, revelando uma marca em Sua mão. Imediatamente, ela soube a Quem contemplava.

Com a outra mão voltada em direção à igreja, dedo em riste, o Senhor Jesus perguntou: "Tu me amas?"

Ele repetiu a pergunta três vezes. Sua voz soava alta e forte como um trovão. Depois da terceira pergunta, o céu se fechou, e o telhado do prédio voltou ao normal.

Maria disse que, a princípio, achou que todos estivessem presenciando o mesmo fenômeno. As pessoas à volta, contudo, agiam naturalmente como em qualquer outra reunião. Foi quando compreendeu que tivera uma experiência sobrenatural.

Ela ficou tão impactada que não teve coragem de falar a respeito. Foi embora sem dizer nada a ninguém. Suas forças sumiram – ficou de cama de domingo à noite até pouco antes do culto de terça-feira à tarde, quando me contou a visão. Perguntei-lhe se acreditava ser a mensagem dirigida somente a ela, mas estava convicta de que era a toda a igreja. Recordo-me de que chamei sua atenção por não ter relatado antes; entretanto, eu nada fiz a respeito. Salvo engano, acredito que nem sequer orei sobre o ocorrido!

Ainda não entendo como pude ser tão insensível. Eu amo o mover profético na igreja e creio no fluir dos dons do Espírito Santo para a edificação do Corpo; confesso não reconhecer o porquê de ter sido indiferente; afinal de contas, não é comum pessoas receberem de Deus uma visão aberta como aquela. Enfim, fui. Ouvi o relato do sonho de Tássia dois dias depois da conversa com a irmã Maria. Como demorei atentar para o que o Senhor queria falar!

O episódio me ensinou que nem sempre estamos tão receptivos ao Espírito Santo quanto achamos estar.

Hoje, ao olhar para trás, sinto-me como os discípulos no caminho de Emaús. Eu me pergunto: "Como foi que não entendi antes o que o Senhor estava tentando dizer?"

Pela graça de Deus e sob forte visitação do Espírito Santo, aceitei o momento profético de correção e ensino para mim e para toda a igreja. Assim sendo, orei: "Pai querido, o que o Senhor deseja dizer à Sua igreja?"

Uma vez mais, fui surpreendido pela clareza da voz do Espírito Santo. Permita-me dizer que nem sempre experimento isso. Aquele dia foi incomum. O Senhor não apenas falou comigo, mas também revelou qual devia ser a pregação — tudo de forma clara, nítida, palpável.

Começou com um questionamento do Espírito Santo em meu espírito: "Qual o único texto da Escritura Sagrada que contém as perguntas que a irmã Maria ouviu na visão?"

Eu não deveria pregar as experiências. Quer seja a visão, quer o sonho ou mesmo o momento profético que vivenciei sozinho, tudo foi proporcionado apenas com um propósito: guiar-me à Palavra de Deus. Ela define nossa crença e a doutrina a ser seguida.

Então abri a Bíblia no capítulo 21 do evangelho de João, no lugar em que Jesus faz as mesmas três perguntas a Pedro. Li e reli o texto várias vezes, mas não sabia o que procurar nem o que devia encontrar. Didaticamente, como nunca antes, o Espírito Santo me dirigiu a escrever três tópicos na folha de papel que estava perto de mim. Ele ditou a mensagem.

Eu cheguei a ter algumas experiências parecidas ao longo de meus anos de ministério pastoral, mas poucas foram tão enfáticas e precisas. A forma contundente como tudo aconteceu escancarou diante de mim a importância do assunto e convenceu-me da responsabilidade de compartilhar tais verdades com Sua igreja – não apenas aquela noite.

O conteúdo deste livro não é somente uma palavra de ensino, mas também um chamado profético de alinhamento. Estou certo de que Deus falará ao seu coração, portanto *quem tem ouvidos, ouça o que o Espírito diz às igrejas* (Apocalipse 2:29).

O tema da pregação de Jesus – não mais a minha – era o amor para com Ele. E tudo partia desta passagem bíblica:

> *Depois de terem comido, Jesus perguntou a Simão Pedro:*
> *— Simão, filho de João, você me ama MAIS DO QUE ESTES OUTROS me amam?*
> *Ele respondeu:*
> *— Sim, o Senhor sabe que eu o amo.*
> *Jesus lhe disse:*
> *— Apascente os meus cordeiros.*
> *Jesus perguntou pela segunda vez:*
> *— Simão, filho de João, você me ama?*
> *Ele respondeu:*
> *— Sim, o Senhor sabe que eu o amo.*

Jesus lhe disse:

— Pastoreie as minhas ovelhas.

Pela terceira vez Jesus lhe perguntou:

— Simão, filho de João, você me ama?

Pedro FICOU TRISTE POR JESUS TER PERGUNTADO PELA TERCEIRA VEZ: *"Você me ama?" E respondeu:*

— O Senhor sabe todas as coisas; sabe que eu o amo.

Jesus lhe disse:

— Apascente as minhas ovelhas [grifos do autor].

JOÃO 21:15-17

Esse registro é mais do que uma descrição histórica a ser listada na cronologia do ministério de Cristo ou da vida de Pedro. Paulo afirmou aos cristãos romanos que *tudo o que no passado foi escrito, para o nosso ensino foi escrito* (Romanos 15:4). Aos irmãos de Corinto, em referência ao registro da história de Israel nas Escrituras, o apóstolo declarou: *Estas coisas aconteceram com eles para servir de exemplo e foram escritas como advertência a nós, para quem o fim dos tempos tem chegado* (1Coríntios 10:11).

Os episódios narrados na Bíblia sempre trazem lições. Devemos procurar quais são, além de buscar como transportá-las do texto à prática, das letras à vida. É assim que o convido a olhar para as perguntas de Jesus, para as respostas de Pedro, para o contexto desse encontro. E o que o Senhor me permitiu entender e orientou a pregar é o que passo a compartilhar com você agora.

Os três tópicos que escrevi à mão naquela folha, obedecendo à nítida voz interior do Espírito Santo, são:

1. A necessidade de autoavaliação.
2. O amor pode crescer.
3. O amor se expressa em ações.

PERGUNTA CRUCIAL

A NECESSIDADE DE AUTOAVALIAÇÃO

Por que o Senhor Jesus repetiu a mesma pergunta três vezes?

Não havia necessidade de perguntar coisa alguma. Após a ressurreição e consequente glorificação, o atributo divino da onisciência, do qual Jesus Se despojara temporariamente (Filipenses 2:6,7), havia sido plenamente restituído (Colossenses 2:9). Nas duas primeiras respostas, quando utiliza a expressão *o Senhor sabe que eu o amo*, Pedro enfatiza o conhecimento de Cristo apenas acerca do amor que o discípulo mantinha para com Ele. Depois de questionado pela terceira vez, contudo, o apóstolo declarou: *"o Senhor sabe todas as coisas"* – aqui Pedro se refere à onisciência de Cristo, ao fato de que nada fugia ao conhecimento dEle.

Se Cristo sabia todas as coisas, mas ainda assim fez perguntas a Pedro, concluímos que Ele o fez não para descobrir a resposta, e sim para conduzir o próprio apóstolo a uma autoavaliação. Penso que a intenção de Cristo era fazer com que Pedro olhasse para dentro de si mesmo e, assim fazendo, mensurasse tanto a qualidade como a intensidade do amor que tinha por Jesus.

As três perguntas, embora parecidas, não são iguais. Há detalhes que distinguem cada uma delas, e não é certo ignorá-los. Na primeira, Cristo não indaga apenas sobre amá-lO, mas estabelece uma comparação: *Simão, filho de João, você me ama* MAIS DO QUE ESTES OUTROS *me amam?* (João 21:15 – [grifos do autor]). O ponto principal não era se Pedro amava, mas se ele amava *mais* do que os outros apóstolos.

Por que o Mestre perguntaria isso?

Será que desejava incitar algum tipo de competição entre os discípulos?

É claro que não! Se Cristo os repreendeu quando começaram uma disputa a respeito de quem era o maior (Marcos 9:33-35), é porque, obviamente, Ele não admitia esse tipo de comportamento.

A resposta está um pouco atrás na linha do tempo. Antes, Pedro se achava melhor do que os demais apóstolos. Certa vez, afirmou: *Ainda que o Senhor venha a ser um tropeço para todos, não o será para mim* (Marcos 14:29). Basicamente, ele declarava que todos os outros discípulos poderiam falhar, mas ele não.

Observe outro aspecto importante:

> *Ao cair da tarde, Jesus pôs-se à mesa com os doze discípulos. E, enquanto comiam, Jesus disse:*
>
> *— Em verdade lhes digo que um de vocês vai me trair.*
>
> *E eles, muito entristecidos, começaram um por um a perguntar-lhe:*
>
> *— Por acaso seria eu, Senhor?* [grifos do autor].
>
> Mateus 26:20-22

Enquanto os demais discípulos de Jesus enxergavam-se como candidatos a traidores do Mestre, a postura de Pedro mantinha-se altiva: *Darei a minha vida pelo Senhor* (João 13:37). Ele acreditava que amava a Cristo a ponto de morrer por Ele.

Matthew Henry (1662-1714), em seu clássico *Comentário bíblico*, destaca:

> "Você me ama mais do que estes me amam, mais do que qualquer outro dos discípulos me ama?" E então *a pergunta tem a finalidade de repreendê-lo pela sua vanglória inútil*: Ainda que todos os homens se escandalizem em ti, eu nunca me escandalizarei. "Você ainda pensa da mesma maneira?"

O apóstolo continuou a entregar a realidade de seu coração. Quando Jesus menciona a existência de um traidor entre os discípulos, Pedro pede a João que pergunte ao Senhor quem cometeria a traição:

Depois de dizer isso, Jesus se angustiou em espírito e afirmou:

— Em verdade, em verdade lhes digo que um de vocês vai me trair.

Então os discípulos olharam uns para os outros, sem saber a quem ele se referia.

Ao lado de Jesus estava reclinado um dos seus discípulos, aquele a quem ele amava. Simão Pedro fez um sinal a esse, para que perguntasse a quem Jesus se referia.

João 13:21-24

Minha leitura do ocorrido é que Pedro, consciente ou não, dizia a João algo assim: "Eu confio em mim e em você, mas duvido dos demais". Ele não se via como um candidato a falhar, porque acreditava manter um grande amor por Jesus, maior do que de fato era. As infelizes negações de Pedro revelam que é possível estar equivocado a respeito de quanto se ama ao Senhor – acontece comigo, com você, com todos nós.

Vejas as promessas que Pedro fez:

E Jesus disse aos discípulos:

— Serei uma pedra de tropeço para todos vocês, porque está escrito: "Ferirei o pastor, e as ovelhas ficarão dispersas". Mas, depois da minha ressurreição, irei adiante de vocês para a Galileia.

Então Pedro disse a Jesus:

— Ainda que o senhor venha a ser um tropeço para todos, não o será para mim!

Mas Jesus lhe disse:

— Em verdade lhe digo que hoje, nesta noite, antes que o galo cante duas vezes, você me negará três vezes.

Mas Pedro insistia com mais veemência:

— Ainda que me seja necessário morrer com o Senhor, de modo nenhum o negarei.

E todos os outros diziam a mesma coisa.

Marcos 14:27-31

A versão *Almeida Revista e Atualizada* apresenta uma das frases assim: *Ainda que todos se escandalizem, eu, jamais!* Você percebe a mentalidade de Pedro implícita nessa afirmação? Ele se achava fiel ao Senhor, mais que os demais. Estava, no entanto, prestes a descobrir que não era tudo aquilo que pensava ser.

Embora o foco esteja em Pedro, note que cada um dos discípulos afirmou que, se preciso fosse, também morreria com Jesus. Eles realmente acreditavam em uma espiritualidade e uma fidelidade que, na realidade, não eram tão relevantes assim. A verdade aparece no momento em que Cristo é preso e todos fogem (Marcos 14:50). Ninguém ficou por perto.

Ainda que não tenha abandonando completamente a Jesus, o apóstolo Pedro permaneceu a distância, acompanhando o andamento das coisas, talvez por curiosidade. Manteve uma distância segura para não correr o risco de ser preso juntamente com Jesus.

> *Pedro* SEGUIU JESUS DE LONGE *até o interior do pátio do sumo sacerdote e estava assentado entre os servos, aquentando-se ao fogo* [grifos do autor].

MARCOS 14:54

E foi exatamente essa postura temerosa que o levou ao passo seguinte, já predito anteriormente pelo Mestre, de negar a Jesus:

> *Estando Pedro embaixo no pátio, veio uma das empregadas do sumo sacerdote e, vendo Pedro, que se aquecia, fixou os olhos nele e disse:*
> *— Você também estava com Jesus, o Nazareno.*
> *Mas ele negou, dizendo:*
> *— Não o conheço, nem compreendo o que você está falando.*
> *E saiu para o pórtico. E o galo cantou. E a empregada, vendo-o, tornou a dizer aos que estavam ali:*

— Este é um deles.

Mas ele negou outra vez. E, pouco depois, os que estavam ali disseram outra vez a Pedro:

— Com certeza você é um deles, porque também é galileu.

Ele, porém, começou a praguejar e a jurar:

— Não conheço esse homem de quem vocês estão falando!

E no mesmo instante o galo cantou pela segunda vez. Então Pedro se lembrou da palavra que Jesus lhe tinha dito: "Antes que o galo cante duas vezes, você me negará três vezes". E, caindo em si, começou a chorar.

MARCOS 14:66-72

Mateus declara em seu evangelho que Pedro *chorou amargamente* (Mateus 26:75). Já Marcos acrescenta que ele irrompeu em prantos assim que "caiu em si" — ou seja, até então, ele estava "fora de si"! Simão Pedro havia fantasiado amor e fidelidade ao Senhor, além de ter alimentado um sentimento de grandeza. Porém, o "de repente" chegou, e a máscara caiu por terra. Encarando sua própria conduta, descobriu que não era tão forte como imaginava.

Tenho uma notícia para dar: o coração engana. Com certeza, você já ouviu alguém aconselhar: "Siga seu coração!" Isso é, ao mesmo tempo, verdadeiro e relativo. Se, por "coração", entende-se o espírito do homem, então é possível receber uma direção segura do Espírito Santo, por meio do testemunho interior (Romanos 8:16). Porém, se o uso da palavra "coração" for referência ao que achamos e sentimos de nós mesmos, aí mora o perigo. Nesse caso, segui-lo pode ser um caminho traiçoeiro; o destino pode ser uma terra de ilusão, onde acreditamos piamente em coisas que não existem. Podemos bater no peito em declaração de amor e lealdade, mas sucumbir à primeira prova. É mais comum do que se imagina: achar que ama muito, quando o amor é, no mundo real e prático, pequeno e frágil.

Fato é que há uma grande distância entre o que achamos que somos e aquilo que somos. É por isso que o Novo Testamento enfatiza muito o cuidado para que não nos enganemos a nós mesmos. Na carta aos Romanos, Paulo declarou: [...] *digo a cada um de vocês que não pense de si mesmo além do que convém* (Romanos 12:3).

Voltemos à primeira pergunta de Jesus a Pedro. A resposta do apóstolo foi apenas: *o Senhor sabe que eu o amo.* Não há nenhuma menção de amar *mais do que os demais discípulos* na resposta dele, mesmo tendo sido essa a pergunta de Cristo. Diferentemente do que sucedeu na noite da última ceia, Pedro não anunciou amor maior do que aquele que o próprio Jesus podia ver. O que mudou?

O contexto leva a entender que o apóstolo fez uma autoavaliação sincera. Ele admitiu que não amava tanto assim — acabara de demonstrar isso ao negar o Messias três vezes — e não arriscou fazer uma jura de amor como da outra vez. Em sua resposta, Pedro simplesmente aceitou que Jesus podia ver o tamanho real de seu amor, melhor do que ele próprio.

Veja mais um comentário do pregador inglês Matthew Henry:

> Na segunda e na terceira vez em que Cristo fez esta pergunta, ele deixou de lado a comparação "mais do que estes", porque Pedro, na sua resposta, modestamente a deixou de lado, não desejando comparar-se aos seus irmãos, e muito menos privilegiar-se diante deles.

O autoexame é bíblico. Fomos orientados a fazê-lo por ocasião da ceia do Senhor: *Que cada um examine a si mesmo* (1Coríntios 11:28). Uma avaliação superficial, contudo, não é suficiente para compreender quão falho é o amor humano. E, não enxergando tal fragilidade, ficamos impedidos de crescer e atingir maturidade.

PERGUNTA CRUCIAL

Devemos examinar nosso coração, mas não sozinhos. Dependemos de ajuda divina, do contrário estamos suscetíveis ao engano. Como disse o salmista: *Sonda-me, ó Deus, e conhece o meu coração, prova-me e conhece os meus pensamentos; vê se há em mim algum caminho mau e guia-me pelo caminho eterno* (Salmos 139:23,24). A busca deve ser no sentido de que o Espírito Santo revele a qualidade e a intensidade de nosso amor ao Senhor.

Eu já estive nesse lugar. Cria que amava a Jesus um tanto além do que amava de verdade. Recordo-me que, quando ainda adolescente, em um ímpeto de coragem, fiz uma oferta ao Senhor. Estava ajoelhado, em gesto de rendição, e ninguém havia pedido que eu fizesse nada. Não estava respondendo a nenhum apelo. Naquele momento, então, dispus minha vida a Cristo para ser um mártir pela causa do evangelho.

É claro que não pensei em mentir a Deus. Só falei aquilo porque realmente achava que era verdade. Já adulto e experiente, agora exercendo o ministério pastoral, ouvi o Espírito Santo falar da necessidade de autoavaliação — com foco no alto risco de uma análise inflada e fora da realidade. Não só fui remetido pelo Senhor àquele evento adolescente, mas confrontado a avaliar a condição de meu coração anos depois daquela entrega apaixonada. Procurando olhar com os olhos de Jesus, e não os meus, questionei: "Será que, naqueles dias, eu amava ao Senhor a ponto de dar minha vida? E, hoje, amo em tamanha intensidade?"

A descoberta me entristeceu. Quão distante estava o amor que eu supunha ter do amor que eu realmente nutria! Fiquei abatido e chorei muito.

O Espírito Santo, entretanto, conduziu-me a outra verdade: Deus não ajuda o homem a avaliar a si mesmo com o objetivo de apontar que ele está aquém do que deveria, gerando condenação e desânimo. Ele deseja impulsionar, e não triturar.

DE TODO O CORAÇÃO

Como está escrito: *Não esmagará a cana quebrada, nem apagará o pavio que fumega* (Isaías 42:3).

Demorei para entender esse versículo. Cresci no ambiente predominantemente urbano das grandes cidades de São Paulo. Fui criado na "selva de pedra". Aos 20 anos, quando comecei a pastorear, mudei-me para o interior do Paraná. E foi lá, na cidade de Guarapuava, que passei a conhecer o contexto da agricultura.

Certo dia, Robert Ferter, um amigo, conduziu-me em um *tour* por sua fazenda. A ideia era apresentar-me uma nova realidade, até então pouco conhecida por mim. Enquanto executava seu trabalho como engenheiro agrônomo, Robert me explicava tudo o que fazia e como as coisas se davam naquele ambiente de plantio e colheita. Em um dos momentos do passeio, atravessamos, de caminhonete, uma plantação de trigo ainda verde. Meu amigo parava aqui e acolá para colher amostras e, logo depois, voltava a avançar. Enquanto seguíamos, eu observava, pelo retrovisor, o rastro de trigo amassado que ficava pelo chão onde passava o automóvel. Depois de uma meia hora "atropelando" trigo, não me contive e perguntei:

— Você faz isso todo dia? Você sempre "atropela" o trigo por horas seguidas?

Diante da confirmação dele, deixei transbordar um pensamento que acusava minha completa ignorância sobre o assunto:

— Daqui a pouco não haverá mais trigo! Esmagando tudo com a caminhonete, você vai acabar com a plantação.

Ele começou a rir e parou o automóvel, pedindo que eu descesse para ver o que ele queria mostrar. Apontou para o rastro de trigo que acabara de ser criado pelas rodas da caminhonete e perguntou:

— Você acha que esse trigo não levanta mais?

— Tenho certeza que não! Quanto pesa esse veículo que passou por cima dele?

Sem zombar de minha ignorância, ele apenas sorriu e mostrou outro rastro atrás de mim. O trigo amassado estava apenas um pouco mais baixo que o restante da plantação, aproximadamente um palmo.

— Ali foi onde eu passei duas semanas atrás.

Minha mente se recusava a acreditar. Então Robert apontou mais um rastro que, por sua vez, era cerca de dois palmos mais baixo que o trigo intacto. Ele completou:

— Ali foi onde eu passei semana passada.

Tudo dentro de mim queria gritar que era impossível, e minha boca não aguentou. Foi quando Robert se agachou para tocar um dos talos quebrados.

— Vou mostrar como tornar impossível que o trigo se recupere e se levante.

Com os dedos, ele esmagou o lugar exato onde o caule já estava quebrado e voltou a falar:

— Esse não se levanta nunca mais.

Na hora, veio à minha mente o texto de Isaías: *Não quebrará o caniço rachado* (Isaías 42:3, *NVI*). Deus estava dizendo que não roubaria daqueles de nós que fomos "atropelados" pelas circunstâncias a esperança de nos reerguermos. A mensagem, portanto, é sobre restauração. Trata-se do coração do Pai Celestial, que não está esperando para destruir-nos após algum erro; Ele sempre oferece misericórdia e possibilidade de recomeço!

O Senhor quer que sigamos para aquilo que ainda não alcançamos. Foi o que Cristo fez com Pedro — Ele sinalizou que o amor poderia crescer.

O AMOR PODE CRESCER

A consciência da pequenez de nosso amor a Cristo não deveria trazer sentimento de culpa, e sim servir de trampolim para um salto de crescimento. O fato de reconhecer a distância do alvo deve levar a uma maior dedicação do atirador, e não o contrário.

Lembre-se que, anteriormente, Simão Pedro achava que amava ao Senhor a ponto de dar a própria vida por Ele, até que, na prática, negou a Jesus. Decepcionado, chorou amargamente. Foi em meio a esse dilema que Cristo, com três perguntas, levou o apóstolo a examinar a si mesmo – e Pedro respondeu com sinceridade. Ele admitiu a baixa qualidade de seu amor, sem arriscar prometer o que não cumpriria.

É aí que fica interessante: no final da conversa, Jesus prediz o martírio de Pedro. O que antes fora uma promessa vazia – *Ainda que me seja necessário morrer com o Senhor, de modo nenhum O negarei* –, Cristo garante que Pedro, enfim, conseguiria cumprir!

Enquanto a falha no amor ficou evidente quando o apóstolo evitou entregar a vida –antes negar a Cristo do que correr o risco –, a conversa com o Cristo ressurreto descortinou o futuro: o amor daquele impetuoso discípulo ia crescer a ponto de extravasar com sangue. Jesus ainda disse que o tipo de morte glorificaria a Deus:

> *Em verdade, em verdade lhe digo que, quando era mais moço, você se cingia e andava por onde queria. Mas, quando você for velho, ESTENDERÁ AS MÃOS, e outro o cingirá e o levará para onde você não quer ir.*
>
> *Jesus DISSE ISSO PARA SIGNIFICAR COM QUE TIPO DE MORTE PEDRO HAVIA DE GLORIFICAR A DEUS. Depois de falar assim, Jesus acrescentou:*
>
> — *Siga-me* [grifos do autor].

João 21:18,19

Jesus afirmou que, um dia, Pedro amaria ao Senhor como Ele deseja ser amado: com amor pleno, sacrificial. Inclusive, Cristo não poupou detalhes. Disse que o apóstolo estenderia as mãos, ou seja, morreria pela crucificação, um tipo de morte comum nos dias do império romano.

No clássico *O livro dos mártires*, John Fox (1517-1587) escreveu:

PERGUNTA CRUCIAL

> Dentre muitos outros santos, o bem-aventurado apóstolo Pedro foi condenado à morte e crucificado em Roma, segundo escreveram alguns [...] Jerônimo afirma que foi crucificado de cabeça para baixo, por petição própria, por julgar-se indigno de ser crucificado da mesma maneira que o seu Senhor.

É comum encontrar detalhes sobre o martírio dos discípulos de Cristo em escritos antigos, especialmente naqueles de autoria dos conhecidos pais da Igreja. Um deles, Clemente de Roma, citado por Everett Ferguson em *História da Igreja* (vol. 1), apontava a cidade de Roma como o local onde Pedro foi morto. Dionísio de Corinto também sustentava essa informação, com o acréscimo de que o apóstolo teria pedido para ser crucificado de cabeça para baixo. A informação consta no registro apócrifo *Atos de Pedro*, no qual Dionísio "relata um ministério memorável do apóstolo em Roma e conclui com a história de sua crucificação de cabeça para baixo por vontade própria (um estilo de execução também mencionado por Orígenes)".

Independentemente de serem precisos ou não os detalhes da crucificação de Pedro, sabemos que ela aconteceu – o próprio Cristo a predisse. E a profecia consolou o discípulo arrependido, mostrando-lhe que o amor sacrificial em falta no início estaria presente no fim. A conclusão é objetiva: o amor pode crescer.

A matéria aqui é intensidade. Sim, existem intensidades distintas de amor, e isso se aplica à devoção do homem a Deus, que pode começar pequena, crescer e terminar gigante. Penso que essa distinção dos níveis de amor também possa ser vista em um jogo de palavras que encontramos no original grego, mas não se percebe na tradução para a maioria das línguas, inclusive o português.

A língua original em que o Novo Testamento foi escrito usava palavras diferentes para "amor", com conotações igualmente distintas. Por exemplo, se a referência fosse a um amor familiar, a palavra grega seria *storge*. Se físico, retratando o ato sexual, *eros*. Dois outros termos foram utilizados especificamente no diálogo entre Jesus e Pedro: *agapao* (αγαπαω) e *phileo* (φιλεω) – ambos significam amor, mas em intensidades diferentes. Enquanto *phileo* indica apenas "amor", *agapao*, "amor terno". Aquele apresenta a ideia de "gostar", e o outro, a de "gostar muito".

Acho interessante Jesus ter escolhido essas palavras. Vamos aplicá-las ao texto bíblico e encontraremos luz.

Na primeira pergunta, *você me ama mais do que estes outros me amam?*, o verbo é *agapao*. Pedro responde com *phileo*: *Sim, o Senhor sabe que eu O amo*. Parece-me que Jesus pergunta sobre uma intensidade maior de amor, e o apóstolo responde, ainda que positivamente, fazendo menção a uma intensidade menor.

Na segunda pergunta, a história se repete. Jesus lança *agapao*, Pedro retorna com *phileo*. Talvez fosse uma maneira de dizer: "Amar, eu amo, mas não é isso tudo... Não é na intensidade que o Senhor está perguntando, nem é um amor tão grande quanto aquele que eu achei que tinha quando prometi morrer por você...".

Então vem a terceira pergunta, que produziu uma reação emocional em Pedro. A Bíblia declara que o apóstolo *ficou triste por Jesus ter perguntado pela terceira vez* (João 21:17). Como não conseguiu levar Pedro à dimensão de amor de Sua pergunta, Jesus desce ao nível da resposta: *Você me PHILEO?* Então Pedro corresponde: *O Senhor sabe todas as coisas; sabe que eu O PHILEO*.

Seria esse o porquê de a terceira pergunta ter entristecido o apóstolo? Como se Jesus tivesse perguntado: "É esse o nível de amor que você tem por mim?" Imagino que, em outras palavras, a resposta daquele futuro grande líder da igreja teria sido mais ou menos a seguinte: "O meu amor não vai além disso. Não há como enganá-lO, e eu também não quero enganar a mim mesmo de novo!"

PERGUNTA CRUCIAL

Todas as respostas de Pedro foram: "Senhor, Tu sabes que eu gosto de Ti!" A beleza da conversa, no entanto, está no fato de que, ainda assim, o Mestre conclui exaltando o martírio de Seu discípulo. Mesmo tendo ouvido uma promessa furada lá atrás e uma sequência de "gosto" em vez de "amo", Jesus não coloca um ponto final – apenas vira a página. Mais velho, Pedro teria uma segunda chance, passaria por um segundo teste, e sairia aprovado.

Russell Norman Champlin, em sua obra *O Novo Testamento interpretado versículo por versículo*, diferente de outros comentaristas, argumenta de modo contrário à ideia de que o jogo de palavras aborda níveis distintos de amor. Ele aponta que a alternância de palavras seja apenas uma questão de estilo literário, citando o mesmo emprego em outros lugares do Novo Testamento, nos quais não havia a menor intenção de distinguir a intensidade do sentimento. Porém, não baseio a interpretação de que há níveis de amor apenas nas possibilidades de tradução da palavra "amor" na conversa de Jesus com Pedro. Se, de fato, esse argumento, sozinho, não é suficiente para tal sustentação de ideia, ainda assim, é evidente que Cristo tratava da possibilidade de o amor crescer.

Durante muito tempo, achei que Jesus fizera as três perguntas a Simão Pedro apenas com o propósito de dar-lhe a chance de consertar as coisas – três afirmações de amor por três negações. No entanto, ao considerar o todo, percebi que o Senhor não queria acusá-lo nem o desanimar naquele momento de autoavaliação induzida. Além de levar o apóstolo à conclusão de que mantinha menos amor do que deveria, o Senhor fez isso com um objetivo central: inspirá-lo a crer que, um dia, seu amor por Cristo alcançaria maturidade!

É importante lembrar que o Senhor nos conhece melhor do que nós mesmos. Ele vê potencial de sucesso quando somente enxergamos falhas. Ele vê futuro quando nos prendemos ao passado. Quando falhamos em demonstrar-Lhe amor, Ele diz: "Eu sei que você ainda vai chegar lá!"

Assim como Pedro teve a chama da esperança reacesa, igualmente podemos tê-la reavivada. Se, hoje, nosso coração não manifesta amor em intensidade e qualidade devidas a Cristo, ainda assim podemos seguir adiante – é possível crescer em amor. Decida fazê-lo evoluir. Tire os olhos da largada e contemple o que Cristo vê no fim.

MAIS QUE PALAVRAS

O terceiro princípio implícito no episódio em que Jesus entrevista a Pedro é que amor verdadeiro não se limita a palavras, mas também se expressa em ações. O apóstolo João escreveu:

> *Ora, se alguém possui recursos deste mundo e vê seu irmão passar necessidade, mas fecha o coração para essa pessoa, como pode permanecer nele o amor de Deus? Filhinhos, NÃO AMEMOS DE PALAVRA, NEM DA BOCA PARA FORA, MAS DE FATO E DE VERDADE* [grifos do autor].

1João 3:17,18

Falar é fácil. Devemos, porém, ir além da declaração verbal e adentrar a prática, demonstrando por meio de atitudes aquilo que professamos. Amor não é sentimento; é ação!

Nossas ações precisam fazer coro com nossas palavras não somente no que diz respeito ao amor ao próximo, mas, principalmente, no amor ao Senhor. Nem falar nem cantar são suficientes.

O próprio Senhor Jesus, citando as Escrituras, protestou:

> *— Bem profetizou Isaías a respeito de vocês, hipócritas, como está escrito:*
> *"Este povo me honra com os lábios, MAS O SEU CORAÇÃO ESTÁ LONGE DE MIM.*
> *E em vão me adoram... [grifos do autor]"*

MARCOS 7:6,7

De nada adianta ter uma declaração de amor nos lábios, mas desarmonia no íntimo. Um coração distante anula qualquer confissão. O amor deve ser expresso por meio de ações!

Há outro elemento a destacar. Após cada resposta do apóstolo, houve uma solicitação específica do Mestre: "Apascente as minhas ovelhas".

Por quê?

Porque quem ama, trabalha!

É como se Cristo afirmasse: "Se você me ama, precisa ir além de mera declaração verbal. Demonstre-o na prática!" Destrinchando um pouco mais a fala de Jesus, podemos imaginar um discurso assim: "Se você me ama, ame os que Eu amo e faça algo por eles. Assim, também estará fazendo algo por Mim".

Matthew Henry apresenta um pensamento semelhante:

> Antes que Cristo confiasse suas ovelhas aos cuidados de Pedro, Ele lhe perguntou: "Amas-me?" Cristo tem uma consideração tão carinhosa pelo seu rebanho, que não o confiará a ninguém, exceto àqueles que o amam, e, portanto, irão amar a todos os que são seus, por sua causa. Aqueles que não amam verdadeiramente a Cristo, nunca irão verdadeiramente amar as almas dos homens, nem se preocuparão naturalmente com sua condição, como deveriam. Nem irá amar seu trabalho aquele ministro que não ama seu Mestre. Nada, exceto o amor de Cristo, irá constranger os ministros a prosseguirem alegremente em meio às dificuldades e aos desencorajamentos que certamente encontrarão no seu trabalho (2Coríntios 5:13,14). Mas este amor tornará fácil seu trabalho, e eles se dedicarão seriamente a ele.

Quem ama, age em conformidade, manifestando o amor com ações de louvor, de gratidão, de serviço e muito mais. Expressões de amor ao Senhor não são liberadas exclusivamente em canções de adoração, mas também — e principalmente — por meio de trabalho. Sim, aquilo que você *faz* declara amor.

O exercício do ministério é uma manifestação de amor ao Senhor Jesus Cristo. Não é razoável inúmeros crentes nunca se colocarem à disposição para trabalhar pela obra de Deus, enquanto afirmam amá-lO. Infelizmente, em contraste a uma cultura vivida e admirada no passado, hoje não se absorve bem o conceito de servir – embora o desejo por ser servido esteja em alta.

Calma, não se trata de contradição deste autor. Explico: eu sei – e ressaltei até aqui – que o serviço não é mais importante do que estar com o Senhor e desfrutar de Sua presença. Marta que o diga (Lucas 10:41,42)! A questão é: não é mais importante, mas não deixa de ser importante. Serviço não substitui relacionamento, mas é sim uma maneira de demonstrar amor – e vale mais do que recitar, cantar, tagarelar, discursar bonito.

Você está engajado na obra do Senhor?

Não falo de ministério em tempo integral, mas de cristianismo em tempo integral!

Você procura levar almas a Cristo?

Você ajuda a cuidar delas de alguma forma?

Você participa de algum ministério em sua igreja?

Você procura servir, ainda que nas coisas aparentemente mais simples?

A igreja jamais cumprirá a grande comissão se não for mobilizada ao trabalho. A antiga ideia de um pequeno clero trabalhando em prol de leigos precisa ser definitivamente banida. Todos são convocados a arregaçar as mangas. Jesus morreu para transformar-nos em ministros, em sacerdotes, é o que a Bíblia diz – e isso não é para alguns, mas para todos:

> *E cantavam um cântico novo, dizendo: "Digno és de pegar o livro e de quebrar os selos, porque foste morto e com o teu sangue compraste para Deus os que procedem de toda tribo, língua, povo e nação e para o nosso Deus* OS CONSTITUÍSTE REINO E SACERDOTES; *e eles reinarão sobre a terra"* [grifos do autor].

APOCALIPSE 5:9,10

PERGUNTA CRUCIAL

Examine sua própria vida. Procure expressões de amor em forma de serviço, de ministério. Se não encontrar nada, é indispensável que haja mudança. São duas as possibilidades: ou seu amor por Jesus ainda não é tão intenso e precisa crescer, ou você ainda não aprendeu a expressá-lo corretamente em ações e trabalho por Ele. Em qualquer dos casos, ajustes são necessários.

Escravo por amor

*Nenhum verdadeiro cristão
pertence a si mesmo.*

João Calvino

A Igreja de Jesus, com o passar dos séculos, distanciou-se da paixão pelo Senhor e do compromisso de obediência à Sua Palavra. Viveu cerca de mil anos a chamada "idade das trevas". Aos poucos, contudo, desde o início da Reforma Protestante, vem sendo restaurada. Entre os muitos movimentos divinos para despertar a noiva de Cristo, um que chama a atenção deu-se no início do século 18, em um grupo que ficou conhecido como moravianos.

John D. Woodbridge e Frank A. James III, em sua obra *História da Igreja – Volume II: da Pré-Reforma aos dias atuais*, destacaram o movimento assim:

> Em 1722, quando os membros do *Unitas Fratrum* (Unidade dos Irmãos), um movimento da Morávia e da Boêmia, precisaram de um lugar para se refugiar da perseguição, Zinzendorf permitiu graciosamente que eles se estabelecessem em sua propriedade em Berthelsdorf. A Unidade dos Irmãos teve como origem os seguidores de John Huss. Eles construíram um vilarejo chamado

Herrnhut, a *guarda do Senhor*, na propriedade de Zinzendorf. No verão de 1727, Zinzendorf e alguns outros fizeram um pacto de orarem pela comunidade. Num culto de comunhão em 13 de agosto, uma poderosa obra do Espírito Santo irrompeu no meio da congregação. Algumas vezes chamado de *Pentecoste moraviano*, essa ocorrência fortaleceu muito o compromisso dos moravianos com a religião do coração, a oração e estilos de vida disciplinados e missões mundiais.

John Leonard Dober e David Nitschman, dois jovens da Morávia (hoje, República Checa), tomaram conhecimento de que na ilha de *Saint Thomas*, no Caribe, havia milhares de escravos não alcançados pelo evangelho. Escreveram, então, ao governador das Ilhas Virgens, um fazendeiro ateu, solicitando permissão para evangelizar os negros levados da África para lá.

Sem conseguir anuência para emigrar como missionários, ofereceram vender a si mesmos como escravos. Dessa forma, não teriam problemas para entrar na ilha e compartilhar o evangelho. Aqueles dois heróis anônimos estavam dispostos a levar adiante a negociação e, voluntariamente, viver tal nível de sacrifício. Não à toa, lideraram um mover de grande despertamento espiritual para oração e missões.

A parte final da história, menos conhecida de muitos, é que, em termos legais, por serem brancos, eles não podiam ser vendidos como escravos – nem por si mesmos. Ainda que não tivessem autorização para concretizar a transação proposta, avançaram no projeto até conseguirem sustentar-se com trabalho próprio. Não foram enviados como missionários de forma tradicional nem viraram escravos, mas tiveram permissão para trabalhar e, assim, deram início a um extraordinário trabalho evangelístico naquela região. O fato de não ter culminado em escravidão não anula a evidente disposição daqueles jovens de ir até as últimas consequências para servir a Cristo.

No dia da partida para o novo lar, familiares e amigos estavam reunidos no porto, sem saber se veriam novamente John e David. Indagados sobre a razão de uma decisão tão extrema, os dois teriam permanecido calados. Depois, quando o barco já se afastava do cais, os corajosos voluntários bradaram: "Que através das nossas vidas o Cordeiro que foi imolado receba a recompensa pelo Seu sacrifício!" Após o episódio, a frase memorável tornou-se comum entre os moravianos.

Para mim, esse relato é profundamente comovente e inspirador. Ao mesmo tempo, ele faz com que eu me sinta envergonhado. A história diz que os morávios enviaram mais de 2.000 missionários a várias partes do mundo. Desistiam de seus sonhos, renunciavam o privilégio de viver com suas famílias e deixavam tantas outras coisas de que nossa geração nem sequer considera abrir mão – tudo em nome de agradar ao Cordeiro. Não que seja possível pagar pelo incalculável sacrifício messiânico, mas aquelas pessoas queriam, de alguma forma, *ser* parte da recompensa que Cristo receberá.

Com esse coração, os moravianos fizeram mais em vinte anos do que a Igreja havia feito nos duzentos anteriores. Eles fizeram tanto, apesar de terem tão pouco! Por outro lado, nós temos feito tão pouco, apesar de possuirmos muito. O amor a Cristo e a consequente chama missionária precisam ser reacendidos na Igreja de nossos dias.

William Carey, considerado por muitos o pai das missões modernas, apontou os moravianos como um exemplo de cristãos que mantinham paixão por missões: "Olhem o que os moravianos fizeram! Será que não podemos seguir o seu exemplo e, em obediência ao nosso Mestre Celestial, sair pelo mundo pregando o evangelho aos pagãos?"

Qual a diferença entre aqueles irmãos e nós?

Não creio que, quando nasceram de novo, Deus concedeu-lhes algum tipo de "DNA espiritual" mais avançado. Também não acho que, necessariamente, o chamado divino tenha sido mais forte para eles do que para os demais cristãos. Eles é que se faziam diferentes, o que transbordou em resultados.

Primeiro, os moravianos oravam muito — mantiveram uma reunião de oração funcionando, ininterruptamente, por mais de cem anos! —, ou seja, aplicavam a receita divina para que haja mais obreiros na seara (Mateus 9:38). Além disso, acredito que eles cultivaram tanto *mentalidade* como *atitude* diferentes da maioria das pessoas. A paixão e a entrega eram tão intensas que se manifestaram drasticamente, a ponto de aceitarem viver como escravos por amor a Cristo e à Sua causa.

Enquanto eu refletia sobre a bela história dos dois jovens e a característica do povo moraviano, percebi quanto o comportamento deles e os resultados que obtiveram estão ligados diretamente ao amor. Nas Escrituras, encontramos uma expressão parecida: a possibilidade de ser *escravo por amor*, ou *servo da orelha furada*. Observemos o que diz a Palavra de Deus:

> *São estes os estatutos que você apresentará aos filhos de Israel:*
> *— Se você comprar um escravo hebreu, ele trabalhará para você durante seis anos; mas no sétimo ano será livre, de graça. Se chegou solteiro, irá embora sozinho; se era homem casado, a mulher irá com ele. Se o dono lhe der uma mulher, e ela der à luz filhos e filhas, a mulher e seus filhos serão do dono do escravo, e ele irá embora sozinho. Porém, se o escravo expressamente disser: "Eu amo o meu dono, a minha mulher e os meus filhos; não quero ser livre", então o dono do escravo o levará aos juízes, e o fará chegar à porta ou à ombreira da porta, E O SEU DONO FURARÁ A ORELHA DELE COM UM FURADOR; E ELE SERÁ SEU ESCRAVO PARA SEMPRE* [grifos do autor].

> ÊXODO 21:1-6

Confesso que esse texto me deixou desconfortável por muito tempo. Ver a escravidão presente na cultura dos povos antigos tanto do Antigo como do Novo Testamento é uma coisa; ver Deus regulamentando as leis de escravidão é outra, bem diferente! Sempre que comentava acerca dessa porção das Escrituras, eu ficava receoso — não queria dar a entender que a escravidão havia sido respaldada pelo Senhor. Embora compreendesse que o propósito da Lei havia sido acrescentar o fator misericórdia, o que eu não aceitava bem era a ideia de um homem servir a outro.

A resolução do dilema é simples: muitas coisas com as quais Deus precisou lidar com Seu povo não necessariamente refletiam Sua vontade. É o caso da poligamia — tolerada por algum tempo, mas posteriormente proibida pelo Criador. Penso que a lei do servo da orelha furada precisa ser observada por esse prisma. O Senhor transmitiu instruções acerca daquela cultura — misericórdia por parte do dono, fidelidade do lado do escravo —, mas não avalizou a escravidão em si.

Além disso, há um propósito divino que ultrapassa não apenas a época de Moisés, mas todo o período em que houve escravidão.

Paulo, relativo a eventos da Lei mosaica, explica que *tudo isso tem sido sombra das coisas que haviam de vir* (Colossenses 2:17). Ou seja, é sábio reflexionar eventos da antiga aliança com base em suas devidas aplicações na nova aliança. As sombras informavam sobre uma substância que ainda não era, mas logo viria. A interpretação, portanto, não deve ser apenas pontual, mas tipológica. Deus, em Sua soberania, imprimiu naquela antiga prática um ensino datado para hoje.

O apóstolo dos gentios afirmou aos irmãos coríntios que o mandamento *não amarre a boca do boi quando ele pisa o trigo* (1Coríntios 9:9) foi dado por causa de nós, e não por causa dos bois. Embora, à primeira vista, o assunto central pareça ser a justa alimentação de animais que trabalham, a projeção de Deus para os dias da nova aliança era outra: o sustento dos obreiros. E a lei do *escravo por amor*, como pode ser vista sob a nova aliança?

Por que Deus estabeleceria uma regra como a da orelha furada? Qual o propósito por trás? Eu encerro o suspense: vislumbrando muito além da Lei mosaica, o Pai celestial abordou um aspecto importante de nosso relacionamento com Ele: Ele é dono, e nós somos "escravos" – comprados por alto preço.

Muitos não compreendem a verdade do senhorio de Jesus sobre a vida dos redimidos; mesmo aqueles que já compreendem precisam crescer no entendimento. Ao mesmo tempo que Deus é Pai Celestial, e nós somos Seus amados filhos e herdeiros, Ele também é Senhor, e nós, servos. É bom lembrar, é claro, que a palavra "servo" significa "escravo". Isso é exatamente o que somos como consequência da redenção.

O QUE É REDENÇÃO

A fim de entender tanto o senhorio de Deus quanto nossa condição de servos – ou melhor, escravos –, é preciso estabelecer um fundamento: o que é *redenção*?

Para muitos cristãos, redenção é igual a "perdão de pecados" ou "salvação". O significado, contudo, vai muito além. "Redenção" quer dizer "resgate" ou "remissão". Nas Escrituras, a palavra está relacionada ao conceito de "readquirir uma propriedade perdida".

Vamos dar um passo atrás. Já vimos que, antes de estabelecer verdades no Novo Testamento, Deus determinou que elas fossem ilustradas no Antigo Testamento:

> Ora, visto que A LEI É APENAS UMA SOMBRA DOS BENS VINDOUROS, NÃO A IMAGEM REAL DAS COISAS, nunca consegue aperfeiçoar aqueles que se aproximam de Deus com os mesmos sacrifícios que, ano após ano, continuamente, eles oferecem [grifos do autor].
>
> HEBREUS 10:1

A sombra não é a substância, apesar da semelhança. As ordenanças da antiga aliança eram referentes a práticas literais, enquanto a nova aliança passou a tratar de práticas espirituais. Aquelas regras carregavam características que, depois, indicariam princípios, ou seja, houve um salto da literalidade à espiritualidade.

É o caso da circuncisão, que deixou de ser literal para tornar-se uma experiência no coração (Romanos 2:28,29). A serpente que Moisés levantou no deserto figurou uma obra futura: Cristo na cruz (João 3:14), decretando salvação a todo homem que olha o sacrifício e crê nele. Assim também outros pontos da Lei – como aqueles que envolviam comida, bebida e dias de festa –, na nova aliança, começaram a ser vistos não mais como regras exteriores, cuja desobediência acarretaria julgamento em tribunal humano, mas como uma revelação de conceitos espirituais.

Leia mais uma vez:

> *Portanto, que ninguém julgue vocês por causa de comida e bebida, ou dia de festa, ou lua nova, ou sábados, PORQUE TUDO ISSO TEM SIDO SOMBRA DAS COISAS QUE HAVIAM DE VIR; porém o corpo é de Cristo* [grifos do autor].
>
> COLOSSENSES 2:16,17

Também foi assim com o sacrifício de cordeiros, que os israelitas repetiram em várias cerimônias. Nos tempos de Jesus neste mundo, João Batista apontou para o Mestre e disse: *Eis o Cordeiro de Deus, que tira o pecado do mundo!* (João 1:29). O apóstolo Paulo faz coro ao referir-se a Cristo como nosso *Cordeiro pascal* (1Coríntios 5:7). Aquele sacrifício de animal inocente, repetido por centenas e centenas de anos, tinha por objetivo fazer com que o povo de Deus entendesse uma figura revelada posteriormente: o sacrifício do Filho do Homem, de uma vez por todas, em lugar de toda a humanidade.

Em suma, Deus permitiu que Seu povo vivesse por um tempo o que Ele próprio executaria futuramente. É dessa forma que devemos olhar para a lei da redenção no Antigo Testamento, como uma prévia incompleta, porém esclarecedora, do que Deus faria pelo homem.

Então vamos a ela. O livro de Rute mostra Boaz resgatando, redimindo as propriedades de Noemi. Como homem de posses, dispunha de condições e também do direito de agir como resgatador em favor de sua parente em necessidade – e o fez ao readquirir uma terra que outrora fora de Noemi, mas acabara vendida em tempos de crise.

A regra mosaica era que toda dívida devia ser paga. Se um indivíduo não tivesse recursos para honrar o compromisso assumido, então deveria dar seus bens em pagamento. Se não fosse o suficiente, que entregasse suas terras. Se ainda não bastasse para a quitação, o próprio indivíduo – e às vezes até sua família – deveria tornar-se o embolso, ou seja, passaria a ser escravo do credor.

Em 2Reis 4, encontramos uma história paralela. A Bíblia fala de uma mulher viúva cujos filhos seriam levados como escravos caso a dívida da família não fosse quitada, uma boa imagem de como funcionava a negociação na época. Só havia uma forma de fugir da escravidão: se um redentor pagasse a dívida, conforme os termos da Lei de Moisés. Do contrário, os filhos da viúva permaneceriam na condição de escravos até o Ano do Jubileu, que se repetia a cada cinquenta anos – aí, então, a família seria perdoada. Observe mais detalhes da Lei:

> — *Se alguém do seu povo empobrecer e vender alguma parte das suas propriedades, ENTÃO VIRÁ O SEU RESGATADOR, SEU PARENTE, E RESGATARÁ O QUE ESSE SEU IRMÃO VENDEU. Se alguém não tiver resgatador, porém vier a tornar-se próspero e achar o bastante com que a remir, então contará os anos desde a sua venda, e o que ficar restituirá ao homem a quem vendeu; e assim poderá voltar à sua propriedade. Mas, se as suas posses não lhe permitirem reavê-la, então*

a propriedade que for vendida ficará na mão do comprador ATÉ O ANO DO JUBILEU; porém, no Ano do Jubileu, sairá do poder deste, e aquele poderá voltar para a sua propriedade [grifos do autor].

LEVÍTICO 25:25-28

A redenção era o pagamento da dívida feito por um parente próximo. Como explicita a própria definição do termo, redenção era *readquirir o que se perdera*, quer fosse uma propriedade, quer fosse a liberdade do familiar. Aqui mora o segredo: o redentor pagava pelo redimido e, portanto, ganhava os direitos de dono.

Vou reformular para clarear mais: se eu me tornasse escravo por causa de uma dívida, e um parente me resgatasse, eu não deixaria de ser escravo, apenas mudaria de amo. Eu passaria, então, a ser escravo de meu familiar, já que ele me comprara – literalmente.

E qual seria o proveito então?

De que adianta ficar livre de um e passar a ser escravo de outro?

A diferença estava no redentor. O novo dono pagava a dívida *por amor*, e não por motivos comerciais, já que um escravo normalmente não valia tanto. O mesmo amor pautava a relação do dono para com seu novo escravo: ele o tratava com brandura, com misericórdia.

Assim fica evidente a intenção de Deus ao regulamentar a escravidão. Ele desejava trazer amor para uma relação tão pesada, eliminando a possibilidade de tratamento indigno – seja enquanto o escravo pertencia a um dono qualquer, seja quando ele passava a ser escravo de seu parente. Toda dívida devia ser paga, mas os termos do acordo eram misericordiosos, ainda mais nas situações em que aparecia a figura do parente-redentor.

E, é claro, o Senhor não falava apenas àquele tempo – Ele apontava simbolicamente para o Redentor de nossa alma. Ah, que profecia sobre o que estava por vir!

O QUE CRISTO FEZ POR NÓS

Oro para que você não passe daqui sem ser fatalmente impactado pela compreensão daquilo que Jesus Cristo, o Redentor, fez por nós. Ele não apenas perdoou nossos pecados, mas comprou-nos para Deus. E o preço foi alto: Sua morte na cruz.

> *... porque foste morto e com o teu sangue COMPRASTE PARA DEUS os que procedem de toda tribo, língua, povo e nação e para o nosso Deus os constituíste reino e sacerdotes; e eles reinarão sobre a terra [grifos do autor].*
>
> APOCALIPSE 5:9B,10

O homem tornou-se escravo de Satanás quando se rendeu ao pecado no Jardim do Éden. A Bíblia declara que *aquele que é vencido fica escravo do vencedor* (2Pedro 2:19), e foi exatamente isso que sucedeu ao primeiro casal. Eles foram separados da glória de Deus e perderam a filiação divina. Adão fora chamado *filho de Deus* (Lucas 3:38), mas a condição não se manteve após a queda.

Jesus veio ao mundo como Filho *unigênito* de Deus (João 3:16), mas com o objetivo de mudar tal condição. Depois de Seu sacrifício, passou a ser *o primogênito entre muitos irmãos* (Romanos 8:29). O que se apreende? Por meio de Seu único Filho, o Pai Celeste pôde voltar ao plano de ter *outros* filhos. O ponto é que Jesus foi filho único por um bom tempo: de Adão até a obra da cruz. Nesse período, a humanidade viveu em completa perda da filiação divina.

Se o homem não era de Deus, era de quem? Do diabo – e não se trata de fatalismo, mas de direito. Por causa do pecado, o diabo teve liberdade para assenhorear-se tanto do homem como, em consequência, também da Terra, porque ela havia sido dada ao homem (Salmos 115:16). No episódio da tentação no deserto, Satanás chegou a provocar Jesus com estas palavras: *Eu lhe darei todo este poder e a glória destes reinos, porque isso me foi entregue, e posso dar a quem eu quiser* (Lucas 4:6) – e Cristo não as refutou nem declarou serem mentirosas. E o ciclo se fecha voltando ao contexto de dívida do Antigo Testamento: o homem e tudo aquilo que lhe pertencia passavam a ser de seu credor.

Com poucos tijolos, levantamos a verdade de que, por nascer em pecado, o homem é invariavelmente escravo de Satanás. Ou seja, não nos tornamos devedores, já nascemos assim, sob o domínio de um credor maligno. Ao invés de filhos de Deus, filhos do diabo. Isso vem desde os pais da humanidade, que simplesmente reproduziram aquilo que se tornaram no ato do pecado original: escravos – e a escravidão passou a toda a humanidade. No primeiro capítulo de Gênesis, observamos Deus avalizar a reprodução segundo a própria espécie, de modo que é incoerente classificar diferente qualquer filho de Adão: somos todos escravos.

O determinismo, contudo, é vencido pela redenção. Glória a Deus! O Filho do Homem veio pagar a dívida do pecado e, ao fazê-lo, garantiu a libertação da humanidade das mãos de Satanás:

> *Ele nos* RESGATOU DO PODER DAS TREVAS *e nos trasladou para o reino do seu Filho muito amado, no qual temos a nossa redenção, a remissão dos nossos pecados* [grifos do autor].
>
> COLOSSENSES 1:13,14, *TB*

Observe a expressão "resgatou", que aparece quando o apóstolo fala de sermos tirados do reino das trevas para o reino do Filho de Deus. O que o Messias realizou foi um resgate, porque algo estava perdido, preso. Em seguida, Paulo conecta com o seguinte: *no qual temos a nossa redenção*. A redenção foi o ato de compra, de resgate da propriedade perdida mediante pagamento da dívida outrora existente.

DE TODO O CORAÇÃO

Cancelando O ESCRITO DE DÍVIDA QUE ERA CONTRA NÓS e que constava de ordenanças, o qual nos era prejudicial, REMOVEU-O INTEIRAMENTE, CRAVANDO-O NA CRUZ. E, despojando os principados e as potestades, publicamente os expôs ao desprezo, triunfando sobre eles na cruz [grifos do autor].

COLOSSENSES 2:14,15

O Texto Sagrado revela que Jesus despojou os príncipes malignos. Segundo o *Dicionário Aurélio da língua portuguesa*, "despojar" significa "privar da posse; espoliar, desapossar". Isso nos leva a questionar: o que exatamente Jesus tirou desses principados malignos? O que era de posse de tais príncipes e interessava a Cristo? Eles possuíam o domínio, o senhorio sobre nossa vida! O despojo somos nós, que fomos comprados por Ele e, a partir de então, voltamos a pertencer ao Criador. É precisamente dessa forma que as Escrituras se referem a nós. Somos chamados de *propriedade* de Deus:

Vocês, porém, são geração eleita, sacerdócio real, nação santa, POVO DE PROPRIEDADE EXCLUSIVA DE DEUS, a fim de proclamar as virtudes daquele que os chamou das trevas para a sua maravilhosa luz [grifos do autor].

1PEDRO 2:9

Repetidas vezes encontramos a ênfase de que Cristo nos comprou para Si. E o preço foi Seu próprio sangue!

Sabendo que não foi mediante coisas perecíveis, como prata ou ouro, que vocês foram RESGATADOS da vida inútil que seus pais lhes legaram, mas pelo precioso sangue de Cristo, como de um cordeiro sem defeito e sem mácula.

1PEDRO 1:18,19

Que verdade maravilhosa e, ao mesmo tempo, carregada de compromisso! O paralelo com a sombra da antiga aliança torna-se evidente: nosso Redentor Jesus Cristo nos comprou para livrar-nos da escravidão do diabo, mas não apenas isso, também nos trasladou para o domínio de outro dono. Sim, Jesus nos fez escravos de Deus! Não deixamos de pertencer; a diferença é o dono, que dispensa apresentações – não há melhor senhor.

O que é mister considerar é que há uma consequência do ato legal de compra. A partir dele, coisa alguma que possuímos é exclusivamente nossa. Nem nossa própria vida nos pertence! Se somos propriedade de Deus, e Ele passou a ser nosso dono, consequentemente tudo aquilo que nos pertence, na realidade, pertence a Ele!

Paulo, referindo-se ao Espírito Santo em nós, O chamou de *penhor da nossa herança, para redenção da possessão de Deus* (Efésios 1:14, *ARC*). Observe que o termo "redenção" aqui aparece associado a "herança" e "possessão", pois é disso que o princípio de redenção sempre trata: resgate de propriedade. Fomos resgatados não para nós mesmos, mas para nos tornarmos posse dEle, propriedade exclusiva de Deus. Não devemos reduzir nem um milímetro: tudo o que somos e tudo o que temos pertencem ao Senhor.

ESCRAVOS DE CRISTO

Vamos observar mais uma vez o texto que fala do escravo por amor:

São estes os estatutos que você apresentará aos filhos de Israel:

— Se você comprar um escravo hebreu, ele trabalhará para você durante seis anos; mas no sétimo ano será livre, de graça. Se chegou solteiro, irá embora sozinho; se era homem casado, a mulher irá com ele. Se o dono lhe der uma mulher, e ela der à luz filhos e filhas, a mulher e seus filhos serão do dono do escravo, e ele irá embora

sozinho. Porém, se o escravo expressamente disser: "Eu amo o meu dono, a minha mulher e os meus filhos; não quero ser livre", então o dono do escravo o levará aos juízes, e o fará chegar à porta ou à ombreira da porta, e O SEU DONO FURARÁ A ORELHA DELE COM UM FURADOR; E ELE SERÁ SEU ESCRAVO PARA SEMPRE [grifos do autor].

ÊXODO 21:1-6

Tendo em vista o significado de redenção, já fica mais fácil entender nossa posição de servos, de escravos do Senhor. O trecho de Êxodo, da mesma forma, ajuda a clarear o cenário. O servo da orelha furada era conhecido na sociedade daqueles dias como alguém que escolheu ser escravo, por decisão própria. Aonde quer que fosse, a marca na orelha atraía a atenção. Quem via, podia presumir o posto que aquela pessoa ocupara voluntariamente.

No momento em que escrevo este capítulo, estou na cidade de Arusha, na Tanzânia, numa base missionária que trabalha entre o povo *massai*. Nas reuniões que tenho ministrado aqui, vejo muitos homens de orelha furada. Resta apenas a abertura, fruto de alargador que já não usam mais. Eu diria que é praticamente impossível não reparar no furo que há em suas orelhas.

Isso me fez pensar no servo que, por amor, furava a orelha. Era uma atitude de entrega permanente, mas também um anúncio público. Em qualquer lugar, o escravo da orelha furada seria assim reconhecido, como quem decidiu continuar escravo quando já não era mais obrigado a tal.

Não sei se você já consegue vislumbrar a substância que projetou toda essa sombra, mas arrisco minha opinião antecipada: que incrível! Acho fantástico o paralelo espiritual.

Quase todas as vezes em que aparecem no Novo Testamento as palavras "escravo" e "servo", trata-se de tradução da palavra grega *doulos*, que significa "escravo, servo, homem de condição servil, atendente". Assume-se, então, que não houve exagero ou uso de figura de linguagem. Somos chamados pelas Sagradas Escrituras de escravos de Cristo:

> *Pois quem foi chamado no Senhor, sendo escravo, é liberto que pertence ao Senhor. Do mesmo modo, quem foi chamado, sendo livre, É ESCRAVO DE CRISTO* [grifos do autor].
>
> 1 CORÍNTIOS 7:22

Escravos de Cristo: é exatamente o que somos!

Todas as vezes que os apóstolos classificavam a si mesmos e a outros como servos do Senhor, era esse o conceito que pretendiam comunicar.

Vamos imaginar um pouco o sentimento de um servo da orelha furada. Após seis anos de servidão, ele sabia o que esperar: no ano seguinte, seria liberto, ganharia a esperada liberdade. Fico pensando que eu, nas mesmas condições, estaria contando os dias, talvez planejando uma grande festa. É o pensamento natural. O incomum é o contrário: desejar ser escravo sem que haja imposição ou obrigação. Que conceito é este, então, abordado por Deus, de tornar-se escravo por amor?

Há uma projeção simbólica que aponta para nosso relacionamento com Deus. Em primeiro lugar, ainda que o Senhor seja nosso proprietário por direito de compra, pela redenção, Ele não impõe Seu senhorio. Todos fomos libertos por Cristo da escravidão (Gálatas 4:7), mas podemos assumir voluntariamente tal posição por puro amor. É isto que Deus espera de nós: um compromisso voluntário e permanente, exposto por meio de uma marca facilmente reconhecida por qualquer pessoa que olhar para nós.

Lembre-se de que o Senhor Jesus *conquistou* o direito legal de ser Dono, Amo e Senhor. Ele prefere, contudo, não usar a prerrogativa de conquistador de nossa vida. Pelo contrário, o desejo de Cristo é que, quando a liberdade nos for oferecida, escolhamos servi-lO. O servo da orelha furada não permaneceria

DE TODO O CORAÇÃO

com seu senhor por obrigação, e sim por amor. Diferentemente de Satanás, que oprime seus escravos, Deus ama e respeita profundamente todos aqueles que O servem!

Deus formatou de tal forma a Lei que a única razão para alguém permanecer escravo depois de seis anos de servidão seria o amor. O texto bíblico diz: *Porém, se o escravo expressamente disser: Eu amo o meu dono, a minha mulher e os meus filhos; não quero ser livre* (Êxodo 21:5). Ainda que tenha sido mencionado o fato de ele possuir família – mulher e filhos, que não o acompanhariam ao ser liberto –, a expressão *Eu amo o meu dono* é o que aparece em primeiro lugar. A decisão partia de um sentimento que, acima de tudo, envolvia o senhor daquele servo.

Se o amo oprimisse duramente seu escravo, é lógico que este não desejaria continuar a servir aquele quando chegasse o tempo da liberdade. Na Bíblia, contudo, encontram-se exemplos de senhores que tratavam os servos com respeito e dignidade. É o caso de Abraão, o qual, antes de Isaque nascer, havia tornado o servo Eliézer também seu herdeiro (Gênesis 15:2). Até mesmo na hora de buscar esposa para Isaque, Abraão fez que seu servo jurasse não trazer mulher que não fosse da parentela de seu senhor (Gênesis 24:2-8). Se Abraão o tratasse apenas como escravo, ele simplesmente teria dado uma ordem. Ao pedir um juramento, o pai da fé o tratou de forma diferenciada! Mais uma vez, vemos que Deus ensinava misericórdia e tratamento honroso, mesmo no contexto de escravidão – espelho de quem o próprio Senhor é. Ele é a prova de que é possível ser um dono perfeito, um dono bom para o servo, Aquele que oferece um lugar à mesa, e não grilhões.

O princípio do escravo por amor se estende à nova aliança e é encontrado no ensino dos apóstolos. Observe como reconheciam a si mesmos: *PAULO, SERVO de Cristo Jesus* (Romanos 1:1); *TIAGO, SERVO de Deus e do Senhor Jesus Cristo* (Tiago 1:1); *SIMÃO*

ESCRAVO POR AMOR

PEDRO, SERVO e apóstolo de Jesus Cristo (2Pedro 1:1); *JUDAS, SERVO de Jesus Cristo* (Judas 1:1).

A maneira com que Paulo descreve a aparição de um anjo de Deus naquele navio prestes a naufragar em Malta também revela um entendimento prático:

> *Porque, esta mesma noite, um anjo do Deus A QUEM PERTENÇO E A QUEM SIRVO, esteve comigo, dizendo: "Paulo, não tenha medo! É preciso que você compareça diante de César, e eis que Deus, por sua graça, lhe deu todos os que navegam com você [grifos do autor]".*

> ATOS 27:23,24

Veja que a expressão *a quem pertenço* retrata a compreensão do apóstolo de que Deus era seu dono e possuidor, enquanto a frase seguinte sustenta uma ação consequente: *e a quem sirvo*. Ou seja, ele deliberadamente passara a viver como escravo do Senhor, sem que ninguém o obrigasse. Havia uma submissão amorosa por parte do servo.

Em outro ponto, Paulo mostra que a entrega a Deus também deve ser baseada unicamente em amor:

> *Como está escrito:*
> *POR AMOR DE TI, SOMOS ENTREGUES à morte continuamente; fomos considerados como ovelhas para o matadouro [grifos do autor].*

> ROMANOS 8:36

O porquê de alguém escolher ser escravo por amor merece mais algumas linhas. Nos tempos da Lei mosaica, quando um senhor se mostrava bondoso e generoso, e o servo *sentia-se bem* no relacionamento, então era natural que existisse o desejo por parte do escravo de permanecer naquela posição. A decisão era compreensível, já que o padrão de vida do servo enquanto submisso àquele senhor era muito superior ao que ele desfrutava anteriormente, ou ao que poderia ter se ficasse livre. Um outro texto, em Deuteronômio, aborda alguns desses detalhes:

> — *Se, porém, o escravo disser: "Não quero me afastar de você",* PORQUE AMA VOCÊ E A SUA CASA E POR SE SENTIR BEM COM VOCÊ, *então você deve pegar um furador e furar a orelha dele, na porta, e ele será seu escravo para sempre. Faça o mesmo com a escrava que quiser ficar* [grifos do autor].
>
> DEUTERONÔMIO 15:16,17

Esse trecho também enfatiza que a decisão era devida ao amor. A pergunta é: o que gera essa resposta de amor? O versículo diz: *por se sentir bem com você* – foi daqui que tomei por empréstimo a expressão usada no parágrafo anterior. Na prática – lembrando que o praticado não necessariamente refletia a vontade divina –, qualquer bondade que o servo manifestasse para com seu senhor não era mais do que obrigação; por outro lado, o senhor não tinha obrigação nenhuma de tratar bem seu servo. Quando assim procedia, conquistava o coração do escravo.

Semelhantemente, o que nos leva a amar ao Senhor Jesus? É o entendimento de Seu amor por nós! Quando compreendemos quanto Ele nos ama, somos constrangidos a uma resposta de amor:

> *Pois* O AMOR DE CRISTO NOS DOMINA, *porque reconhecemos isto: um morreu por todos; logo, todos morreram. E ele morreu por todos, para que os que vivem não vivam mais para si mesmos, mas para aquele que por eles morreu e ressuscitou* [grifos do autor].
>
> 2CORÍNTIOS 5:14,15

Outras versões preferiram *o amor de Cristo nos constrange.* Adiante, no capítulo "Dívida de gratidão", explorarei o assunto, mas cabe aqui lembrar que nós O amamos porque Ele nos amou primeiro (1João 4:19) – nessa ordem! O servo da orelha furada decidia pela escravidão vitalícia como uma resposta de amor ao amor recebido. Primeiro, Ele amou, então amamos a ponto de sujeitar-nos a:

1. Renunciar a liberdade;
2. Viver para obedecer ao Senhor.

Agora, vejamos como esses dois pontos definem a caminhada cristã.

RENUNCIAR A LIBERDADE

A primeira coisa que o escravo por amor fazia era renunciar a liberdade a que tinha direito. Decidia, por vontade própria, permanecer na servidão. Aqui se estabelece o primeiro paralelo. Nossa experiência com Cristo abrange, além dos ganhos – perdão de pecados e salvação eterna –, um firme compromisso: abrir mão do controle de nossa própria vida para viver em plena rendição ao senhorio dEle.

O entendimento do senhorio de Cristo tem sido roubado da atual geração de crentes. Pregamos que as pessoas precisam aceitar Jesus como Salvador, mas o ensino bíblico vai muito além. Devemos reconhecê-lO como *Senhor*!

É claro que a consequência de nos rendermos ao Seu senhorio é a salvação, contudo a Palavra de Deus enfatiza que ainda assim devemos *confessá-lO* como Senhor para sermos salvos. Mais uma vez, Deus indica que não forçará ninguém a nada. Quem faz a confissão é o homem:

Se com a boca você CONFESSAR JESUS COMO SENHOR e em seu coração crer que Deus o ressuscitou dentre os mortos, você será salvo. Porque com o coração se crê para a justiça e com a boca se confessa para a salvação [grifos do autor].

ROMANOS 10:9,10

DE TODO O CORAÇÃO

A palavra grega traduzida por "Senhor" é *kurios* (κυριος), proveniente de *kuros*, que significa "supremacia". De acordo com Strong, *kurios* é: "aquele a quem uma pessoa ou coisa pertence, sobre o qual ele tem o poder de decisão; mestre, senhor, o que possui e dispõe de algo; proprietário; alguém que tem o controle da pessoa, o mestre. No Estado: o soberano, príncipe, chefe, o imperador romano. Um título de honra, que expressa respeito e reverência e com o qual servos tratavam seus senhores".

O ato de confessar a Cristo como Senhor, portanto, é o *reconhecimento* da essência da Redenção: admitir que Ele nos comprou das mãos de nosso credor e fez-nos propriedade Sua. Parte de nós a decisão de não receber liberdade, mas permanecer servos, agora sob o domínio de Deus. Isso significa que nos tornamos Seus servos porque Ele pagou nosso preço, mas também porque entendemos o que Ele fez e decidimos viver sob Seu senhorio. Na confissão de Jesus como Senhor, está também implícita a renúncia voluntária da liberdade.

Caminhar com Cristo consiste em desistir de ser dono da própria vida e entregar o controle absoluto a Deus. Mesmo quando Ele delega o controle às nossas mãos, nós perguntamos que botão apertar, de que forma, com qual intensidade, quando. Temos liberdade para tudo, mas nada queremos sem a direção, condução e supremacia de nosso Senhor. A liberdade de escolher não pertencer a nós mesmos, mas a Ele, é a única liberdade que nos interessa.

Muitas pessoas procuram adaptar o evangelho à sua vida, mas isso nada mais é que impossível. A nossa vida é que deve ajustar-se ao evangelho e aos princípios divinos – nunca o contrário. Entrar no Reino de Deus é muito mais sério e profundo do que a maioria de nós percebeu. Envolve cessão total, irrestrita.

Para entranhar a profunda dimensão de entrega demandada pelo ato de compra do resgatador, gostaria de fazer uma pergunta importante e analisar biblicamente a resposta. Tanto a pergunta como a resposta envolvem verdades que deveríamos não apenas depreender bem, mas pregar a outros.

- "Quanto custa o Reino de Deus?"
- "Tudo o que você tem!"

Veja o que Jesus ensinou:

> — *O Reino dos Céus é semelhante a um tesouro escondido no campo, que um homem achou e escondeu. Então, transbordante de alegria, vai, vende* TUDO O QUE TEM *e compra aquele campo.*
> — *O Reino dos Céus é também semelhante a um homem que negocia e procura boas pérolas. Quando encontrou uma pérola de grande valor, ele foi, vendeu* TUDO O QUE TINHA *e comprou a pérola* [grifos do autor].

> MATEUS 13:44-46

O que significa vender tudo para adquirir o Reino de Deus, prefigurado no campo e na pérola?

Nós sabemos que a salvação não pode ser comprada por ninguém. Trata-se de uma dádiva, um dom gratuito. Na verdade, foi Deus que, pela morte de Jesus Cristo na cruz, comprou-nos! Temos, porém, que *reconhecer* a redenção divina, o resgate de nossa vida, por meio de uma confissão – isso Deus não faz pelo homem. Deus deixou o campo ou a pérola para serem encontrados, mas definiu uma entrega que precisa ser feita por parte do próprio homem. Em outras palavras, Ele não reivindica o direito de dono enquanto o homem não se entrega voluntariamente como escravo.

É justamente o ato de admissão que personaliza tudo: o que Jesus fez por toda a humanidade torna-se real para nós que O confessamos como Senhor. O direito divino de posse sobre tudo o que somos e temos é, então, validado. Como? Não apenas pelo nosso desejo de que Ele nos tenha por completo, mas pela manifestação desse querer em uma confissão de Seu senhorio. É como se o Senhor explicasse na parábola que nossa oração de aceitação de Cristo não se firma apenas sobre palavras, mas sobre a venda efetiva e voluntária de quem somos e tudo que temos. A confissão exterioriza a renúncia da liberdade. E é importante lembrar: tal confissão deve ser acompanhada pelas atitudes do servo.

Primeiramente, precisamos crer no que Ele fez para adquirir direitos de dono sobre nós – ou seja, compreender o que, de fato, é redenção. Esse entendimento, então, conduz-nos a confessar que não somos mais donos, ou melhor, a "desistir" de sermos donos.

Além de atestarmos que Ele nos possui porque "pagou nosso passe", estamos admitindo que Quem nos comprou é simplesmente o melhor dono que se poderia ter – muito melhor que nosso antigo dono, obviamente, mas muito melhor do que nós mesmos como donos. Estamos declarando legítimo o senhorio dEle: Jesus é nosso único proprietário.

Em suma, o reconhecimento de que Ele passou a ser nosso dono implica não apenas sermos trasladados do domínio das trevas, mas uma desistência de continuarmos a ser donos de nós mesmos. Essa entrega é que compra o campo ou a pérola.

Portanto, servir a Cristo depende, necessariamente, de desistir de tudo o que somos e temos para viver de forma intensa e devotada a Ele. É isso o que o apóstolo Paulo declara:

> *Mas o que para mim era lucro, isto considerei perda por causa de Cristo. Na verdade, considero tudo como perda, por causa da sublimidade do conhecimento de Cristo Jesus, meu Senhor. Por causa dele perdi todas as coisas e as considero como lixo, para ganhar a Cristo.*
>
> Filipenses 3:7,8

Atente para esta frase: *por causa dEle perdi todas as coisas*. É claro que o apóstolo não estava reclamando que as coisas foram arrancadas dele. Apenas destacava que perdeu tudo *por amor*; em outras palavras, ele desistiu, ele abriu mão de tudo por Jesus. É esse coração de amor ardente que legitima a obediência.

João Calvino, um dos grandes reformadores, declara em *O livro dos Salmos*: "A obediência forçada ou servil não é de forma alguma aceitável diante de Deus". Ele também afirma:

> Verdadeira obediência apropriadamente se distingue de uma constrangedora e escrava sujeição. Todo serviço, pois, que porventura os homens ofereçam a Deus será fútil e ofensivo a seus olhos, a menos que, ao mesmo tempo, ofereçam a si próprios; e, além do mais, esse oferecimento por si mesmo não é de nenhum valor, a menos que seja feito espontaneamente.

Não penso que Calvino negava a relação que apresento entre o escravo por amor e a obediência. Na verdade, ele a justificava. Se falarmos só de escravidão, sem o conceito de amor, não teremos o quadro completo. A obediência deve ser uma expressão *espontânea* de nosso amor ao Senhor – amor que nos fez almejar Seu senhorio, anunciar publicamente que pertencemos a Ele e renunciar a liberdade para servi-lO.

Vimos que primeiro vem a confissão e depois a renúncia da liberdade – sem imposição. Essa consciência do senhorio de Cristo se encarrega de levar-nos a deixar de viver para nós mesmos:

> Porém EM NADA CONSIDERO A VIDA PRECIOSA PARA MIM MESMO, desde que eu complete a minha carreira e o ministério que recebi do Senhor Jesus para testemunhar o evangelho da graça de Deus [grifos do autor].
>
> ATOS 20:24

DE TODO O CORAÇÃO

Não somos mais senhores de nós mesmos e precisamos admitir, atestar, legitimar, dizer que é essa a posição que desejamos. Não estamos mais no controle de nossa vida, e esse lugar é plenamente seguro. Não vale a pena liberdade nenhuma que não seja sob o senhorio de Cristo. Não há lugar melhor do que a casa de nosso Amo, a quem não apenas dedicamos trabalho, mas aprendemos a amar. Não abdicamos da liberdade por imposição, mas voluntariamente — afinal, Ele nos amou tanto que despertou amor em nós. Aceitamos que Ele nos compre, porque queremos ser dEle.

Aí entra a parte prática. Nesse ambiente de renúncia da liberdade, ergue-se um objetivo: viver não mais para nós mesmos, mas para nosso Dono e pelo que a Ele importa. Como escravos de Jesus, nosso desejo deve ser cumprir Sua vontade, e não nossos próprios planos e desejos:

> *Escutem, agora, vocês que dizem: "Hoje ou amanhã, iremos para a cidade tal, e lá passaremos um ano, e faremos negócios, e teremos lucros". Vocês não sabem o que acontecerá amanhã. O que é a vida de vocês? Vocês não passam de neblina que aparece por um instante e logo se dissipa. Em vez disso, deveriam dizer: "SE DEUS QUISER, não só viveremos, como também faremos isto ou aquilo"* [grifos do autor].

> TIAGO 4:13-15

Ser escravo por amor significa tanto renunciar a própria liberdade quanto viver para satisfazer a vontade de nosso Senhor e Salvador. A obediência aparece como consequência.

Antes de passar ao tema obediência, quero dirimir uma possível dúvida.

> *PARA A LIBERDADE foi que Cristo nos libertou. Por isso, permaneçam firmes e não se submetam, de novo, a JUGO DE ESCRAVIDÃO* [grifos do autor].

> GÁLATAS 5:1

Se estamos falando de renunciar a liberdade, por que Paulo cita uma liberdade à qual devemos nos apegar? São assuntos distintos. O apóstolo falava de ser livre da escravidão anterior a Cristo, o que se aplica tanto aos que estavam colocando-se novamente sob a Lei mosaica como também aos que se submetem mais uma vez à vida de pecado.

Ou seja, Paulo discorria sobre ser livre do pecado, e não sobre simplesmente viver livre – fazendo o que se quer, quando se quer, a torto e a direito – depois de Cristo nos comprar. Seria contradizer o que ele mesmo disse quando chamou os cristãos de *escravos de Cristo* (1 Coríntios 7:22). O apóstolo não avalizava uma vida libertina, como se fôssemos donos de nós mesmos.

A liberdade para a qual Cristo nos libertou é aquela em que vivemos livres das cadeias do pecado, o que não muda o fato de que fomos comprados e passamos a servi-lO! Somos livres do antigo dono e livres para decidir pela orelha furada – então viramos escravos por amor.

Agora veremos que a vida de obediência é uma expressão dessa renúncia à liberdade, de um servo que amou muito ao Seu Senhor.

MAIS QUE ADORAÇÃO, OBEDIÊNCIA!

Em fevereiro de 2002, o Senhor me conduziu a liberar uma palavra profética ao ministro de louvor e adoração Cris Batiston, na ocasião de sua ordenação pastoral. Disse-lhe o seguinte: "O Senhor não levantou você somente para ensinar Seu povo a *adorar*, mas principalmente para ensiná-lo a *amar* ao Senhor Jesus!"

Aquela frase me incomodou. Sempre imaginei que adoração fosse a maior expressão de amor a Deus. A verdade é que nem sempre a adoração de alguém é expressão do amor desse alguém. Todo aquele que ama a Deus certamente O adorará, mas nem todo aquele que adora a Deus necessariamente O ama, ou expressa amor a Ele por meio da adoração.

Por mais preciosa e poderosa que a adoração possa ser, há algo mais que Deus espera de nós: obediência.

Quando analisamos a figura bíblica do servo da orelha furada, vemos que o mesmo ato de amor que conduziu à renúncia da liberdade também submeteu à condição de plena obediência ao dono. Simples e forte: um servo deve obediência ao seu senhor. O próprio Jesus declarou que Ele espera isso de nós: *Por que me chamais Senhor, Senhor, e não fazeis o que vos mando?* (Lucas 6:46, *ARA*). Se entendemos que o legítimo título de "Senhor" é fruto da redenção, que nos fez propriedade dEle, não faz o menor sentido chamá-lO de amo e dono e não obedecer ao que Ele ordena.

Falamos e cantamos sobre o senhorio de Deus, mas nossas ações são, muitas vezes, contrárias ao que declaramos. Nosso Senhor espera mais que um culto de lábios; Ele quer obediência:

> *Jesus respondeu:*
>
> *— Bem profetizou Isaías a respeito de vocês, hipócritas, como está escrito:*
>
> *"Este povo me honra com os lábios, mas O SEU CORAÇÃO ESTÁ LONGE DE MIM.*
>
> *E EM VÃO ME ADORAM, ensinando doutrinas que são preceitos humanos".*
>
> *— REJEITANDO O MANDAMENTO DE DEUS, vocês guardam a tradição humana* [grifos do autor].
>
> MARCOS 7:6-8

Uma adoração vã, de acordo com as Sagradas Escrituras, é definida por um coração distante de Deus. Este é caracterizado, por sua vez, pela rejeição aos mandamentos divinos em vez da obediência a eles. Observe:

Sacrifícios e ofertas não quiseste; ABRISTE OS MEUS OUVIDOS; holocaustos e ofertas pelo pecado não requeres. Então eu disse: "Eis aqui estou, no rolo do livro está escrito a meu respeito; AGRADA-ME FAZER A TUA VONTADE, Ó DEUS MEU; A TUA LEI ESTÁ DENTRO DO MEU CORAÇÃO" [grifos do autor].

SALMO 40:6-8

Mais do que sacrifícios, que eram a maior expressão de adoração no Antigo Testamento, Deus estava interessado em que alguém fizesse Sua vontade, guardasse Sua Lei. O que Ele queria? Obediência.

Uma nota de rodapé na *Nova Versão Internacional* (*NVI*) da Bíblia, referente ao Salmo 40:6, comenta que há outra possibilidade de tradução para *abriste os meus ouvidos*: *furaste as minhas orelhas*. Alguns acreditam ser referência ao servo da orelha furada, o escravo por amor, que passava a viver para obedecer a seu senhor. A Almeida Revista e Corrigida traduziu assim: *as minhas orelhas furaste*. A conexão com o conceito do escravo por amor parece ainda mais clara quando observamos que, na sequência, o salmista fala sobre ser agradável fazer a vontade de Deus.

Cabe bem citar as palavras de Agostinho de Hipona: "Agrada mais a Deus a imolação que fazemos da nossa vontade, sujeitando-a à obediência, do que todos os outros sacrifícios que possamos Lhe oferecer". Um capítulo inteiro será dedicado a falar de obediência como expressão de amor a Deus; aqui, no entanto, quero frisar que se trata de algo ainda mais elevado que a própria adoração.

Ficou claro que a Bíblia revela que Deus não quer adoração sem obediência. Agora é hora de mostrar que o Pai Celestial não está apenas interessado em que a obediência acompanhe a adoração — existe uma diferença de energia. O anseio do Criador é *mais forte* pela obediência do que pela adoração em si! Por isso as Escrituras declaram que obedecer é melhor do que sacrificar:

Porém Samuel disse:

— Será que o SENHOR tem mais prazer em holocaustos e sacrifícios do que no obedecer à sua palavra? Eis que o OBEDECER É MELHOR DO QUE O SACRIFICAR, e o ouvir é melhor do que a gordura de carneiros. Porque a rebelião é como o pecado da feitiçaria, e a obstinação é como a idolatria e o culto a ídolos do lar. Por você ter REJEITADO A PALAVRA do SENHOR, também ele o rejeitou como rei [grifos do autor].

1SAMUEL 15:22,23

Mais do que adoração, Deus quer obediência!

Percebemos isso em várias porções da Bíblia. Observe o protesto divino, por meio do profeta Jeremias, a uma geração que preservava o ritual de adoração, mas sem ter um coração submisso ao Senhor:

No dia em que tirei os pais de vocês da terra do Egito, não falei nem lhes ordenei nada a respeito de holocaustos ou sacrifícios. Mas o que lhes ordenei foi isto: "DEEM OUVIDOS À MINHA VOZ, e eu serei o seu Deus, e vocês serão o meu povo. Andem em todo o caminho que eu lhes ordeno, para que tudo lhes vá bem". Mas ELES NÃO QUISERAM OUVIR, NEM ATENDERAM, porém andaram nos seus próprios conselhos e na dureza do seu coração maligno; andaram para trás, e não para a frente. Desde o dia em que os pais de vocês saíram da terra do Egito até hoje, muitas e muitas vezes, todos os dias, eu lhes enviei todos os meus servos, os profetas. Mas vocês não quiseram me ouvir, nem atenderam; foram teimosos e fizeram pior do que os seus pais [grifos do autor].

JEREMIAS 7:22-26

No monte Sinai, o que Deus pediu a Seu povo foi obediência, e não adoração. Eu nunca havia reparado na afirmação do profeta, mesmo tendo lido diversas vezes, e lembro-me do dia em que meus olhos se abriram. Precisei voltar à leitura de Êxodo, que é a referência citada pelo profeta Jeremias, para conferir o que não percebera antes:

> *Moisés subiu para encontrar-se com Deus. E do monte o Senhor o chamou e lhe disse:*
>
> *— Assim você falará à casa de Jacó e anunciará aos filhos de Israel: "Vocês viram o que fiz aos egípcios e como levei vocês sobre asas de águia e os trouxe para perto de mim. Agora, pois, se ouvirem atentamente a minha voz e guardarem a minha aliança, vocês serão a minha propriedade peculiar dentre todos os povos. Porque toda a terra é minha, e vocês serão para mim um reino de sacerdotes e uma nação santa". São estas as palavras que você falará aos filhos de Israel.*
>
> *Moisés foi, chamou os anciãos do povo e expôs diante deles todas estas palavras que o Senhor lhe havia ordenado. Então todo o povo respondeu a uma só voz:*
>
> *— Tudo o que o Senhor falou faremos.*
>
> *E Moisés relatou ao Senhor as palavras do povo [grifos do autor].*
>
> Êxodo 19:3-8

O que Deus sempre quis foi obediência como característica principal de um povo exclusivamente dEle: *se ouvirem atentamente a minha voz e guardarem a minha aliança, vocês serão A MINHA PROPRIEDADE PECULIAR dentre todos os povos.*

Vimos anteriormente que o maior mandamento dado é o de amar ao Senhor. Outro fundamento se soma: a obediência é a prova de que o maior mandamento está sendo observado – não é qualquer expressão, mas precisamente aquela que Deus deseja. A entrega total de nossa vida, uma vida de completa submissão, a obediência como respaldo para qualquer sacrifício: esses são os frutos que Deus espera colher de nosso amor a Ele.

Permita-se parar aqui e repensar o dia em que confessou Jesus não apenas como Salvador, mas como Senhor e dono de

DE TODO O CORAÇÃO

sua vida. O que Deus sempre desejou foi que você respondesse com amor ao amor que Ele expressou pagando o preço de seu resgate. Como? Com um cântico de adoração? Muito mais! Não se trata de um amor só de lábios, mas aquele que se manifesta na opção voluntária pela orelha furada.

Não subestime o significado dessas verdades. O servo que o Senhor deseja chamar de propriedade particular é um escravo por amor, estabelecido sobre duas fortes prerrogativas: renúncia à liberdade e compromisso com uma vida de obediência. Sua confissão de fé em Cristo não significa menos. Se você não percebeu antes, tudo bem. Apenas não se permita prosseguir dono de si.

DÍVIDA DE GRATIDÃO

*Nós O amamos por nenhuma
outra razão, a não ser que Ele
nos amou primeiro.
O nosso amor por Ele é a pura
consequência do Seu amor por nós.*
CHARLES SPURGEON

Em 1993, vivi uma experiência marcante em Itajaí, Santa Catarina, após ministrar em um encontro de igrejas. Fui à praia com alguns irmãos. Estava no mar, em uma região rasa, quando ouvi alguém gritando por ajuda. O pedido de socorro vinha de um lugar mais profundo, de onde nosso grupo acabara de sair por conselho de um dos irmãos, que era morador local. Ele alertara que, com a maré do jeito que estava, poderíamos enfrentar dificuldade para deixar aquele ponto – a praia estava sinalizada com bandeiras vermelhas indicando risco de ressaca.

Prontamente, nadei em direção ao rapaz em apuros para ajudá-lo a sair da água, enquanto os outros irmãos foram chamar os salva-vidas. Com muito esforço, consegui trazê-lo até metade do caminho. Foi o suficiente para que os bombeiros chegassem para retirar tanto o rapaz como também a mim – àquela altura, eu já estava completamente exausto.

Ao sair do mar, joguei-me na areia para recobrar o fôlego e as forças. Ainda deitado, vi os amigos do rapaz que eu ajudara a salvar trazendo-o carregado. Posicionaram o homem à minha frente, dizendo: "Agradeça à pessoa que salvou você!"

Eles ficaram tocados não apenas com minha atitude, mas com o empenho daquele grupo de irmãos – tão tocados que não aceitaram a ideia de que o amigo ainda não havia agradecido, mesmo que, assim como eu, ele mal conseguisse colocar-se em pé ou falar. Eles se sentiram em "dívida de gratidão". Aproveitei para pedir ao rapaz que se acertasse com Deus como sinal daquela gratidão, pois, afinal, foi o Senhor quem poupou a vida dele.

Quem já foi ajudado em momentos de necessidade, apoiado nas horas difíceis, salvo de enrascadas, pode confirmar: o coração se move de maneira especial pelo ajudador.

Recordar o que foi feito por nós dispõe nosso coração ao desejo de retribuir, de fazer algo em troca.

Quando refletimos sobre a importância de não apenas amar ao Senhor, mas amá-lO na dimensão que Ele espera de nós, fica evidente que nosso amor necessita crescer e amadurecer. Mas como? Eu me fiz essa pergunta assim que comecei a entender o valor de uma expressão amorosa mais intensa. Fui, então, impulsionado a procurar *meios* de fazer com que meu amor aumentasse. Nessa jornada, já despertado acerca da importância do maior mandamento, o Espírito da Verdade me guiou ao texto a seguir:

> *E eis que uma mulher da cidade, pecadora, sabendo que ele estava jantando na casa do fariseu, foi até lá com um frasco feito de alabastro cheio de perfume. E, estando por detrás, aos pés de Jesus, chorando, molhava-os com as suas lágrimas e os enxugava com os próprios cabelos. Ela beijava os pés de Jesus e os ungia com o perfume. Ao ver isto, o fariseu que o havia convidado disse consigo mesmo:*

— Se este fosse profeta, bem saberia quem e que tipo de mulher é esta que está tocando nele, porque é uma pecadora.

Jesus se dirigiu ao fariseu e lhe disse:

— Simão, tenho uma coisa para lhe dizer.

Ele respondeu:

— Diga, Mestre.

Jesus continuou:

— Certo credor tinha dois devedores: um lhe devia quinhentos denários, e o outro devia cinquenta. E, como eles não tinham com que pagar, o credor perdoou a dívida de ambos. Qual deles, portanto, o amará mais?

Simão respondeu:

— Penso que é aquele a quem mais perdoou.

Jesus disse:

— Você julgou bem.

E, voltando-se para a mulher, Jesus disse a Simão:

— Você está vendo esta mulher? Quando entrei aqui em sua casa, você não me ofereceu água para lavar os pés; esta, porém, molhou os meus pés com lágrimas e os enxugou com os seus cabelos. Você não me recebeu com um beijo na face; ela, porém, desde que entrei, não deixou de me beijar os pés. Você não ungiu a minha cabeça com óleo, mas esta, com perfume, ungiu os meus pés. Por isso, afirmo a você que OS MUITOS PECADOS DELA FORAM PERDOADOS, PORQUE ELA MUITO AMOU; MAS AQUELE A QUEM POUCO SE PERDOA, POUCO AMA.

Então Jesus disse à mulher:

— Os seus pecados estão perdoados [grifos do autor].

LUCAS 7:37-48

Quando Jesus falou sobre o que leva as pessoas a amarem mais, Ele relacionou tal resposta à compreensão do perdão. Assim sendo, apreende-se que a capacidade de assimilar bem aquilo que o Senhor fez ajuda a alcançar um maior amor para com Ele. Por outro lado, uma percepção limitada prende a uma dimensão igualmente limitada de amor e gratidão. O texto não apenas refere-se à dívida de gratidão, mas a ela como um poderoso princípio a ser seguido – por conselho do próprio Cristo.

O CONTRASTE QUE JESUS VÊ

A história contém dois personagens bem distintos. De um lado, representando a dedicação à religião, um fariseu, membro da mais rígida casta religiosa dos judeus. De outro, uma mulher denominada "pecadora", provavelmente uma prostituta, expressão de alguém distante de Deus – pelo menos aos olhos humanos.

Os contrastes não param aí. Simão era o dono da casa, o anfitrião da festa, e tinha todo direito de estar lá. A mulher, no entanto, causou indignação aos presentes pelo que era, mas também, certamente, por ter aparecido sem ser convidada – não era costume uma prostituta integrar a lista de convidados de um religioso. Simão agiu da forma mais polida e discreta possível, mas a postura daquela mulher pecadora foi um escândalo.

Aos olhos da maioria, a grande diferença entre os dois era o evidente pecado – apesar de que não se pode dizer que a plateia enxergava bem. Em síntese, as diferenças eram definidas pela aparência. Para Jesus, também havia contrastes, mas Sua ótica invertia os papéis de herói e vilão.

Cristo disse que esperava ter recebido um ósculo da parte do anfitrião. Tal prática era sinal de respeito, mas Simão a negligenciou. Não sabemos por que razão, mas ele não fez aquilo que Jesus esperava. A mulher desconhecida, contudo, não cessava de beijar os pés do Mestre. Simão não lavou os pés de Jesus nem mandou que um de seus servos os lavasse, mas a pecadora os regou com lágrimas e fez de seus cabelos uma toalha. Simão não ungiu Jesus com óleo, mas a mulher usou um perfume caríssimo para executar tal tarefa. Simão não se via como um pecador necessitado de graça e perdão de Deus, enquanto aquela mulher se derramava em gratidão.

Aos olhos de Jesus, o que diferenciava era o amor e a gratidão, percebidos na mulher, mas não no fariseu. Esse contraste visto por Jesus, não baseado em aparência, afrontava a diferenciação feita pelos homens, tanto que as acusações contra aquela mulher foram completamente removidas pelo perdão de Deus, enquanto o religioso recebeu uma grave exortação.

CONSCIÊNCIA DA DIMENSÃO

Como pastor, sigo a ética convencional de evitar ser fiador, pois a reputação do ministério pode ser facilmente destruída se um mau administrador usar meu nome indevidamente, sem que eu nada possa fazer a respeito. Recordo-me, no entanto, de uma vez em que avalizei um amigo e discípulo muito querido. O valor era muito alto para minha condição financeira. Se ele tivesse problemas com o pagamento da dívida, eu poderia até perder minha casa. Ainda assim, minha esposa e eu fizemos por ele o que não faríamos por quase ninguém, por uma única razão: dívida de gratidão.

Todas as vezes que precisei de ajuda, de qualquer tipo, ele estava lá – era o primeiro a oferecer auxílio. Ele sempre se importou, sempre estendeu suporte, sempre foi uma grande bênção para mim. Assim, com a anuência de minha esposa, tomei a decisão de avalizá-lo, mesmo que pudesse custar a casa de minha família. O tamanho de minha gratidão revelou-se no tamanho do compromisso que assumi por aquele amigo.

A maioria de nós sabe, por experiência, o que é ser ajudado e, depois, carregar no coração grande gratidão, sentindo estar em dívida com o ajudador. Esse é um princípio natural, que se manifesta na vida de qualquer um que tenha consciência, quer seja um crente, quer seja um incrédulo. É muito difícil que alguém não entenda o sentimento.

O Senhor Jesus aplicou o princípio a nós. Ele disse que, quando entendemos o Seu perdão e a imensidão de pecados que Ele removeu de nossa vida, ficamos naturalmente gratos – assim, conforme a profundidade de nosso entendimento, nós O amamos mais.

Cristo falou sobre dois devedores, com dívidas distintas, que foram perdoados. Um devia dez vezes mais que o outro. Aquele ficou mais agradecido que este após o perdão. O interessante é que, em Seu ensino, Jesus salienta que a gratidão não está ligada meramente ao ato do perdão da dívida, mas, sim, à *consciência da dimensão do perdão* por parte do perdoado. Ambos receberam perdão, mas o que ficou mais grato foi o que devia em quantidade maior, ou melhor, o que tinha noção de quão afundado estava. Note que a questão que o Senhor desejou ressaltar não era apenas numérica, mas também tratava da consciência daqueles devedores.

Isso fica muito claro na afirmação à mulher pecadora: *Por isso, afirmo a você que os muitos pecados dela foram perdoados, porque ela muito amou; mas aquele a quem pouco se perdoa, pouco ama* (Lucas 7:47). Lembre-se: o pecado dela não era necessariamente "maior" que o do religioso, mas o entendimento que ela tinha de seus próprios pecados é que era bem mais amplo. Ela enxergava o tamanho do livramento e, por ver-se em dívida, fez o que estava a seu alcance para retribuir – já o religioso nem sequer foi capaz de cumprir regras de etiqueta em favor do Salvador.

EU ESTAVA ENGANADO

Hoje, essa porção das Escrituras abençoa meu coração e ajuda-me a crescer no amor a Deus, mas nem sempre foi assim. Esse mesmo texto já foi motivo de muitas dúvidas e conflitos em meu coração.

DÍVIDA DE GRATIDÃO

Eu tive o grande privilégio de nascer em um lar genuinamente cristão. Meu primeiro presente foi uma Bíblia. Desde cedo, fui ensinado, tanto em casa como na igreja, a seguir os princípios da Palavra. Eu decidi corresponder à instrução.

Não cresci achando-me santo ou perfeito, mas procurei viver longe daquilo que, aos meus olhos, considerava ofensivo a Deus. Nunca fiquei embriagado ou drogado, nunca traí ninguém — nem em contexto de amizade nem de namoro —, nunca roubei, sempre fugi da prostituição. Eu me considerava alguém separado para Deus, até por ter consciência do chamado ministerial que recebera ainda garoto. Contudo, cada vez que eu lia essa passagem bíblica, entrava em um conflito interior.

Eu era incomodado pela ideia de que jamais poderia entender o amor e o perdão de Deus sem que pecasse muito. Eu me flagrava pensando que nunca amaria ao Senhor como aqueles "ex-malucos" que vi serem transformados. De fato, tinha visto muitos saírem de drogas, alcoolismo, prostituição, envolvimento com demônios e tantos outros abismos que degradam o ser humano e que o mantêm em trevas espirituais, distante do Criador. Estes, como o próprio Jesus disse, normalmente carregam uma entranhada consciência do perdão de Deus e, assim, caminham como quem possui uma dívida de gratidão ao Perdoador.

Eu me via a pensar que, semelhantemente a Simão, o fariseu que foi criado segundo a verdade da Palavra de Deus e seguiu-a por toda a vida, eu nunca chegaria a valorizar devidamente a obra de Cristo. Algo parecia sugerir-me, repetidas vezes, que, se eu quisesse conhecer o verdadeiro amor a Deus, era necessário desviar-me do santo caminho e pecar muito. Obviamente, atribuo esses pensamentos não só à minha própria criatividade imatura, como também a uma ação do diabo. É ele quem deseja fazer-nos duvidar do Criador e, em consequência, quebrar Seus mandamentos.

É evidente que, com tais pensamentos duvidosos, Satanás não tentava ajudar-me a amar a Deus mais profundamente. Eu sabia que ele queria desviar-me do Senhor, e eu nunca lhe dei ouvidos. Não conseguia, entretanto, chegar a um entendimento pleno acerca desse ensino de Jesus.

Ano após ano, o questionamento continuava entalado dentro de mim. Equivocado, passei a considerar que aquilo que antes parecia um privilégio – andar nos caminhos do Senhor – poderia ser um impedimento. Mais tarde, descobri que o dilema não era somente meu. Até hoje, quando ensino sobre esse assunto, muitos crentes que nasceram e cresceram no evangelho confidenciam que enfrentam o mesmo questionamento.

Satanás tenta promover engano por meio da distorção de princípios bíblicos. Isso é perceptível na tentação de Eva. Paulo adverte que, da mesma maneira que o maligno assediou a primeira mulher, ele também tentará fazer conosco (2Coríntios 11:3). E como o tentador agiu? Questionando e distorcendo a justiça do mandamento divino. O mesmo se deu com Jesus no deserto, quando o diabo procurou deturpar a aplicação do Salmo 91, no que dizia respeito à proteção dos anjos. É assim que ele trabalha.

Eu enfrentei uma verdadeira batalha contra setas de engano. "Como assim quem muito é perdoado muito ama?" Eu cria que a Palavra de Deus era perfeita e nunca errara. Sabia também que não deveria desviar-me nem por aquelas dúvidas nem por nada. Mesmo assim, com o tempo, comecei a achar o princípio um pouco injusto. Na limitação de meu entendimento, pensei estar sendo impedido de amar profundamente ao Senhor. Acreditei que Ele havia privilegiado rebeldes e desobedientes em vez de abençoar aos que procuram honrá-lO por meio da obediência. Estava terrivelmente enganado!

Um dia, finalmente, Deus me respondeu. Ele removeu o engano que oprimia meu coração e abriu meus olhos para entender de forma abrangente o que passo a compartilhar agora.

O QUE SIGNIFICA "MUITOS PECADOS"?

Certo dia, Deus me iluminou para que enxergasse e compreendesse um princípio em Sua Palavra. Até então, eu entendia que, ao reconhecer que aquela mulher havia sido perdoada de seus "muitos pecados", Cristo destacava o fato de que ela era *mais pecadora* do que Simão. Jesus falou sobre dois devedores, com dívidas diferentes, o que sempre me pareceu um incentivo à comparação – ela devia "muitos pecados", ele devia menos.

A observação de Tiago, no entanto, fez-me colocar toda a história em perspectiva:

> *Pois QUEM GUARDA TODA A LEI, MAS TROPEÇA EM UM SÓ PONTO, SE TORNA CULPADO DE TODOS. Porque, aquele que disse: "Não cometa adultério", também ordenou: "Não mate". Ora, se você não comete adultério, porém mata, acaba sendo transgressor da lei* [grifos do autor].
>
> TIAGO 2:10,11

Quem tropeça em um único ponto da lei também tropeça em todos. Isso significa que, aos olhos do Senhor, cada tipo de pecado é considerado uma quebra de *toda* a lei divina. Todos, sejam quais forem, produzem separação entre nós e Deus (Isaías 59:1,2). É lógico que as consequências são diferentes, mas, quando se considera o efeito espiritual – a separação de Deus e a decorrente necessidade de perdão –, todos os pecados são iguais. Observe o que Cristo ensinou:

> *— Vocês ouviram o que foi dito: "Não cometa adultério". Eu, porém, lhes digo: todo o que olhar para uma mulher com intenção impura, já cometeu adultério com ela no seu coração.*
>
> MATEUS 5:27,28

DE TODO O CORAÇÃO

O Senhor Jesus afirma que a cobiça dos olhos nos faz tão imorais quanto o adultério físico. Não se deve supor, contudo, que não seja necessário interromper o processo iniciado nos olhos, antes que se evolua ao envolvimento físico – os dois tipos de adultério são igualmente pecados, mas as consequências diferem. Em todo caso, o que se vê Cristo ressaltar é que, no que tange à contaminação do homem, os dois tipos de pecado produzem o mesmo efeito!

Ao escrever aos romanos sobre a não distinção entre judeus e gentios, Paulo declarou que, pouco ou muito conhecedores da Lei, todos se encontravam na mesma condição:

> *Que se conclui? Temos nós alguma vantagem? Não, de forma nenhuma. Pois já temos demonstrado que* TODOS, TANTO JUDEUS COMO GREGOS, ESTÃO DEBAIXO DO PECADO. *Como está escrito: "Não há justo, nem um sequer, não há quem entenda, não há quem busque a Deus. Todos se desviaram e juntamente se tornaram inúteis; não há quem faça o bem, não há nem um sequer"* [grifos do autor].

> ROMANOS 3:9-12

A Bíblia encerrou todos os homens, independentemente do que cada um tenha feito, sob a mesma condenação pelo pecado:

> *Ora, sabemos que tudo o que a lei diz é dito aos que vivem sob a lei, para que toda boca se cale, e* TODO O MUNDO SEJA CULPÁVEL DIANTE DE DEUS. *Porque ninguém será justificado diante de Deus por obras da lei, pois pela lei vem o pleno conhecimento do pecado* [grifos do autor].

> ROMANOS 3:19,20

Eu creio que a razão pela qual Deus lida com o pecado dessa maneira é uma só, e Paulo explica: *a fim de que ninguém se glorie na presença de Deus* (1Coríntios 1:29). Nenhum de nós pode orgulhar-se de nada. Ninguém pode definir quem é mais

DÍVIDA DE GRATIDÃO

pecador, quem merece mais atenção ou quem merece justificação da parte de Deus.

Vamos a mais uma fala de Jesus:

> *Jesus também contou esta parábola para alguns que confiavam em si mesmos, POR SE CONSIDERAREM JUSTOS, e desprezavam os outros:*
>
> *— Dois homens foram ao templo para orar: UM ERA FARISEU E O OUTRO ERA PUBLICANO. O fariseu ficou em pé e orava de si para si mesmo, desta forma: "Ó Deus, graças te dou porque não sou como os demais homens, roubadores, injustos e adúlteros, nem ainda como este publicano. Jejuo duas vezes por semana e dou o dízimo de tudo o que ganho". O publicano, estando em pé, longe, nem mesmo ousava levantar os olhos para o céu, mas batia no peito, dizendo: "Ó Deus, tem pena de mim, que sou pecador!" Digo a vocês que este desceu justificado para a sua casa, e não aquele. Porque todo o que se exalta será humilhado; mas o que se humilha será exaltado* [grifos do autor].

> LUCAS 18:9-14

Depois de ter sido levado a meditar nesses textos, encarando tudo que Cristo declarou sobre o pecado e a forma pela qual os homens veem a si mesmos – e sua própria condição miserável diante de Deus –, percebi meu equívoco de interpretação. Jesus não quis dizer que Simão, o fariseu, era menos pecador do que aquela mulher. Na verdade, Ele afirmou o contrário em outros momentos de Seu ensino:

> *— O que vocês acham? Um homem tinha dois filhos. Chegando-se ao primeiro, disse: "Filho, vá hoje trabalhar na vinha". Ele respondeu: "Não quero ir". Mas depois, arrependido, foi. Dirigindo-se ao outro filho, o pai disse a mesma coisa. Ele respondeu: "Sim, senhor". Mas não foi. Qual dos dois fez a vontade do pai?*

DE TODO O CORAÇÃO

Eles responderam:

— O primeiro.

Então Jesus disse:

— Em verdade lhes digo que os publicanos e as prostitutas estão entrando no Reino de Deus primeiro que vocês. Porque João veio até vocês no caminho da justiça, e vocês não acreditaram nele; no entanto, os publicanos e as prostitutas acreditaram. Vocês, porém, mesmo vendo isso, não se arrependeram depois para acreditar nele.

MATEUS 21:28-32

Cristo ministrava acerca da diferença entre apenas manter aparência e cultivar verdadeira obediência. Assim como para aquele pai não interessava o fato de a resposta inicial ter sido agradável ou não, e sim o que os filhos respondessem depois, da mesma forma acontece no Reino de Deus.

Alguns dizem "sim" depressa, parecendo religiosos, mas, posteriormente, não demonstram obediência constante; ou seja, acabam por pecar justamente pela "obediência de fachada". Por outro lado, há os que simplesmente negam ou demoram a dizer "sim". Estes, no início, rebelam-se, porém vivenciam arrependimento e, mediante uma atitude de obediência ao pai, terminam por fazer soar o "sim" – muitas vezes inaudível, atrasado, mas real.

A declaração de Jesus foi muito forte: publicanos e prostitutas entrariam no Reino de Deus antes que os fariseus! É exatamente esse contraste que se aplica no caso de Simão e da mulher pecadora. O Senhor Jesus não colocava em comparação a "ficha corrida" dos dois, tampouco referia-Se ao *volume* de pecados de cada um!

Enfim, chegamos à chave que abre o entendimento. Ao falar de dívida maior e menor, de muitos e poucos pecados, Cristo está, na verdade, apontando como cada um vê a si mesmo. Observe que o Mestre não intencionava desenhar um olhar incriminador de Deus, mas evidenciar a capacidade do homem de enxergar ou não a si mesmo. Ele indicava o olhar humano, e não o divino – isso porque, diante de Deus, poucos ou muitos pecados significam separação; já, para o homem, enxergar poucos pecados no espelho da autoavaliação pode ser perigoso.

O homem que se acha pouco pecador corre o risco de esconder, dos outros e de si, uma enorme religiosidade, já o que bate no peito admitindo suas misérias tem grandes chances de arrebatar o coração do Pai. Ao orgulhoso, o Senhor resiste (Tiago 4:6); ao quebrantado, Ele simplesmente não resiste (Salmos 51:17).

Vamos a outro trecho bíblico que comprova o real significado de "muitos pecados" – não se trata de volume de erros, mas de honestidade na autoavaliação. Mais uma vez, quem fala é o próprio Cristo:

> *Os fariseus e seus escribas murmuravam contra os discípulos de Jesus, perguntando:*
> *— Por que vocês comem e bebem com os publicanos e pecadores?*
> *Jesus tomou a palavra e disse:*
> *— Os sãos não precisam de médico, e sim os doentes. Não vim chamar justos, e sim pecadores, ao arrependimento.*
>
> LUCAS 5:30-32

Jesus chamou os pecadores de doentes, que precisavam de um médico. Ao mesmo tempo, caracterizou os fariseus como sãos e disse que estes, por sua vez, não precisavam de um médico. A "doença" aqui é o pecado, e o "médico" é Jesus, bem retratado como nosso Salvador. Ao chamar fariseus de sãos, porém, Cristo não alegava que eles não possuíam pecado, pois todos são pecadores – a Escritura é clara acerca disso. Então a que Jesus se referia? À maneira pela qual os fariseus viam a si mesmos, como julgavam-se a seus próprios olhos!

A resposta que eu antes não encontrara sobre "dever muito ou dever pouco", sobre a diferença entre os ex-malucos e os que nascem em lar cristão, finalmente revelava-se. O ponto não é a maneira pela qual Deus nos vê, e sim como nós nos percebemos. Não interessa quanto pecamos e erramos em nossa vida, e sim quanto conseguimos enxergar de nossas próprias faltas e, consequentemente, se somos capazes de vivenciar um verdadeiro arrependimento. Aquele que foi sempre crente pode, com efeito, ser o que menos arrepende-se.

Não é pouca coisa o que tratamos aqui. Francamente, muda tudo. Talvez você já tenha ouvido canções e pregações que asseguram o amor de Deus por você, independentemente de seu passado. O que pretendo nestas páginas é mudar seu foco do olhar de Deus para o seu próprio olhar. Olhe para dentro de si e responda com sinceridade: você se enxerga como Simão ou como a mulher pecadora?

O Senhor ama os dois, é claro! Para Ele, o pecado de um e de outro, ou melhor, a quantidade de pecados de um e outro não muda Sua eterna oferta de perdão, de compaixão, de amor. Contudo, a capacidade de enxergar-se pecador – mais que isso, admitir-se extremamente pecador e necessitado – é que torna o perdão divino um agente de transformação, faz o perdão verdadeiramente tocar o pecador. Aí, sim, Deus vê diferença: não na lista de pecados, mas no coração que os admite.

Não há como negar que tal postura está diretamente relacionada ao amor. É possível ao neófito ou ao cristão de longa data enxergar que o efeito de seus pecados é o mesmo, do missionário ao assassino – a gravidade está em ficar separado de Deus, e não no título do erro. Quando há um genuíno reconhecimento de quem somos e de que *nada somos* distantes do Pai, fica difícil amar pouco Aquele que nos aproximou de volta, cancelando o efeito de separação resultante do pecado. A gratidão é intimamente conectada ao amor.

Tomo a liberdade de parafrasear a Bíblia:

Por isso, afirmo a você que ela admitiu seus muitos pecados, ela enxergou-se doente e carente do médico Jesus Cristo — por isso muito amou ao Seu Salvador; mas aquele que pouco se admite como pecador, pouco ama ou reconhece Aquele que lhe oferece perdão.

Lucas 7:47 (versão ousadamente adaptada por Luciano Subirá)

Simples assim! Se, por outro lado, à semelhança de Simão, não enxergarmos nossos pecados – acreditando que pouco fizemos contra Deus –, nos sentenciaremos à incapacidade de expressar gratidão e, consequentemente, impossibilidade de crescer em amor por nosso Redentor.

UM OLHAR SOBRE A VIDA DE PAULO

Uma prova de tudo isso pode ser vista na vida de Paulo. Ele também foi alguém que cresceu "certinho", sem cometer grandes ofensas contra Deus:

É verdade que eu também poderia confiar na carne. Se alguém pensa que pode confiar na carne, eu ainda mais: fui circuncidado no oitavo dia, sou da linhagem de Israel, da tribo de Benjamim, hebreu de hebreus; quanto à lei, eu era fariseu; quanto ao zelo, perseguidor da igreja; QUANTO À JUSTIÇA QUE HÁ NA LEI, IRREPREENSÍVEL [grifos do autor].

Filipenses 3:4-6

Ele declarou de forma enfática que, segundo a justiça que há na Lei mosaica, ele viveu de forma *irrepreensível*. Poderíamos supor que o apóstolo enfrentava o mesmo dilema que expus anteriormente: tentado a pensar que jamais conseguiria amar muito ao Senhor, pois, afinal, não necessitou de tanto perdão, sua dívida de pecado não era assim tão grande. No entanto, Paulo nunca agiu nem pensou dessa maneira – é o que seus escritos revelam. Na vida do apóstolo, prova-se possível amar muito sem precisar da alcunha de "ex-alguma-coisa-muito-ruim".

O grande amor de Paulo pelo Senhor não se demonstrou apenas mediante feitos – ele foi o apóstolo que mais trabalhou para Deus –, mas também pelo conteúdo do ensino que deixou à Igreja:

> *Pois* O AMOR DE CRISTO NOS CONSTRANGE, *porque julgamos assim: um morreu por todos; portanto, todos morreram. Ele morreu por todos, para que os que vivem não vivam mais para si, mas para aquele que por eles morreu e foi ressuscitado* [grifos do autor].
>
> 2CORÍNTIOS 5:14,15, *TB*

O apóstolo nos revela que o entendimento do amor de Cristo produz um efeito: constrange. O que significa ser constrangido por esse amor? É mais do que ficar envergonhado pelo que não merecíamos; fala de sermos empurrados a uma resposta.

A palavra grega que consta nos originais e foi traduzida por "constrange" é *sunecho* (συνεχω). De acordo com Strong, dá a ideia de "manter o todo, para que não caia em pedaços ou que algo se dissolva", ou "manter com constrangimento". Também era usada com o significado de "comprimir, prensar com a mão, pressionar por todos os lados". Em sentido figurado, referia-se a "uma cidade sitiada", "um estreito, que força um navio a navegar através de um canal com reduzido espaço" e "de um curralejo para o gado, que pressiona de todos os lados, forçando o animal a uma posição onde ele não pode se mover, de tal forma que o fazendeiro pode administrar medicação". O sentido metafórico ainda engloba a ideia de "ser mantido por, estritamente ocupado com algum negócio".

Paulo seguramente falava da pressão gerada pelo entendimento do imensurável amor divino, que compele, aperta, comprime a uma reação. Isso é dívida de gratidão!

Com base na afirmação de Jesus, que abordamos desde o início deste estudo, de que quem muito é perdoado também muito ama, eu faço a seguinte pergunta: "Será que Paulo poderia ter demonstrado amor tão grande sem a consciência de ter sido perdoado de uma dívida igualmente grande?".

Não! Na realidade, ele mantinha tal consciência. Ele não se via só pecador, mas o *pior* de todos os pecadores:

> *Esta palavra é fiel e digna de toda aceitação: que Cristo Jesus veio ao mundo PARA SALVAR OS PECADORES, DOS QUAIS EU SOU O PRINCIPAL. Mas, por esta mesma razão, me foi concedida misericórdia, para que, em mim, QUE SOU O PRINCIPAL PECADOR, Cristo Jesus pudesse mostrar a sua completa longanimidade, e eu servisse de modelo para todos os que hão de crer nele para a vida eterna* [grifos do autor].

1 Timóteo 1:15,16

Que caiam escamas de seus olhos como caíram dos meus! Ao abordar uma "grande dívida", Jesus se referia à capacidade de considerar quão graves são nossos pecados, porque é gravíssimo estar separado de Deus! Essa capacidade de reconhecer a magnitude do pecado não com base no nome do erro, mas em seu efeito de separação, também leva a um arrependimento mais profundo, seja qual for o contexto. Orgulho ou roubo, mentira ou adultério, ofensa ou assassinato, o problema está em ser separado da Vida, ficar distante dEle.

Paulo, como alguém que viveu de forma irrepreensível no tocante à extremamente rígida Lei de Moisés, não foi um devasso, nem um ladrão, nem um bêbado, nem qualquer outra coisa que o rotulasse um "grande pecador". Contudo, ele se via assim! Como explicar? Basta olhar para sua constante rendição à ação do Espírito Santo. Desse lugar de rendição, ele conseguia experimentar e demonstrar profundo nível de arrependimento.

VOCÊ ENXERGA SUAS FALTAS?

Repito: ao falar sobre os "muitos pecados" daquela mulher na casa de Simão, Jesus não Se referia ao fato de ela ser uma prostituta, mas à capacidade que ela teve de enxergar sua profunda dívida para com Deus.

No momento em que Deus clareou meu entendimento a esse respeito, Ele também me mostrou minha própria vida sob outro ponto de vista. Deparei-me com minha sujeira, fitei minhas próprias misérias. Distingui sentimentos, pensamentos, julgamentos e inclinações carnais ainda em plena atividade dentro de mim, afrontando meu Pai Celestial. Percebi-me miserável. Percebi-me o mais pecador de todos os homens – talvez tenha entendido um pouco do que Paulo quis dizer.

Ademais, Cristo fez com que eu reconhecesse que, se cresci perto dEle, não fora apenas em razão da ausência de rebeldia em meu íntimo, mas porque, além de haver recebido instruções e ensinos bíblicos, eu também fora alvo de muitas orações e intercessões de terceiros – colhi o que outros plantaram. Eu que, até então, achava-me o centro, não havia considerado o legado que foi despejado sobre mim sem que fizesse nada para merecê-lo.

Fui conduzido a repensar a importância da declaração de Cristo ao anjo da igreja de Laodiceia: *Aconselho que você compre de mim [...] colírio para ungir os olhos, a fim de que você possa ver* (Apocalipse 3:18). O que esse líder, a quem nosso Senhor repreendeu, precisava ver? O versículo anterior explica que era sua própria miséria espiritual: *Você diz: "Sou rico, estou bem de vida e não preciso de nada". Mas você não sabe que é infeliz, sim, miserável, pobre, cego e nu* (Apocalipse 3:17).

É evidente que Jesus não falava da condição social, e sim da espiritual. Mas, se nossos olhos espirituais não se abrirem *por intervenção divina*, não chegaremos a dimensionar nossa própria miséria. E, sem mensurar o tamanho da dívida, jamais estimaremos o tamanho correto do perdão divino que, graciosamente, recebemos.

Aí então comecei a entender também por que o diabo tenta transformar-nos em pessoas religiosas e espiritualmente orgulhosas. Quando nosso coração perde sensibilidade e inclinação ao arrependimento, extravia-se também a habilidade de crescer em amor ao Senhor.

Jesus mostrou que o natural é o homem ter grande dificuldade de perceber as próprias faltas, embora haja enorme facilidade de enxergar erros de outros:

> *— Por que você vê o cisco no olho do seu irmão, MAS NÃO REPARA NA TRAVE QUE ESTÁ NO SEU PRÓPRIO? Ou como você dirá a seu irmão: "Deixe que eu tire o cisco do seu olho", quando você tem uma trave no seu próprio? Hipócrita! Tire primeiro a trave do seu olho E ENTÃO VOCÊ VERÁ CLARAMENTE para tirar o cisco do olho do seu irmão* [grifos do autor].

> MATEUS 7:3-5

Muitas vezes, não enxergamos nossas misérias porque não permitimos que o Senhor as revele! O caminho contrário, todavia, acarreta revolução no íntimo: quando entendemos, pelo Espírito de Deus – que nos convence do pecado –, a dimensão de nossos erros e pecados e, genuinamente, arrependemo-nos perante o Senhor, então a consciência de tudo o que Ele fez por nós enche nossa alma de gratidão. Começamos a atinar que Ele pagou o impagável!

Tiago desafiou os crentes de seus dias a praticarem o arrependimento desta forma:

> *Cheguem perto de Deus, e ele se chegará a vocês. Limpem as mãos, pecadores! E vocês que são indecisos, purifiquem o coração. RECONHEÇAM A SUA MISÉRIA, lamentem e chorem. Que o riso de vocês*

*se transforme em pranto, e que a alegria de vocês se transforme em
tristeza. Humilhem-se diante do Senhor, e ele os exaltará* [grifos
do autor].

TIAGO 4:8-10

O que significa reconhecer a nossa miséria?

É permitir que Deus derrame colírio em nossos olhos para
sermos capazes tanto de admitir a gravidade de nossos pecados como de afligirmo-nos por eles – sejamos nós Simão, sejamos nós a pecadora, sejamos quem for! É buscar em Deus a
capacidade de ver com clareza, sem a miopia religiosa, e estar
arrependido, como quem deve gratidão para sempre, independentemente se pecamos 50 ou 10:000 vezes, se erramos
feio ou feinho.

Para nunca mais esquecer: o tamanho de nossa dívida de
pecado não pode ser medido apenas pela lista de coisas que
fizemos contra Deus, mas também pela forma com que enxergamos ou não aquilo que fizemos.

CONSCIÊNCIA DO QUE
CRISTO FEZ POR NÓS

Uma vez que temos a capacidade de enxergar nossos erros
e pecados, também precisamos ser capazes de olhar para a
cruz e para o sacrifício de Jesus com consciência do que Ele
fez por nós.

Como já demonstrei, Paulo afirmava que o amor de Cristo
constrangia (2Coríntios 5:14). Ou seja, quanto mais ele percebia
o amor de Deus em contraste aos seus próprios erros, tanto mais
gratidão brotava em seu interior.

O Senhor não quer que nenhum de nós esqueça o que Ele fez,
porque o resultado pode ser acostumar-se com o que deveria
ser para sempre estupendo, assombroso, admirável, digno de
toda a gratidão. Essa é a razão da ceia memorial que Ele instituiu:

> *Porque eu recebi do Senhor o que também lhes entreguei: que o Senhor Jesus, na noite em que foi traído, pegou um pão e, tendo dado graças, o partiu e disse: "Isto é o meu corpo, que é dado por vocês; façam isto EM MEMÓRIA DE MIM". Do mesmo modo, depois da ceia, pegou também o cálice, dizendo: "Este cálice é a nova aliança no meu sangue; façam isto, todas as vezes que o beberem, EM MEMÓRIA DE MIM". Porque, todas as vezes que comerem este pão e beberem o cálice, vocês anunciam a morte do Senhor, até que ele venha* [grifos do autor].

1CORÍNTIOS 11:23-26

Ao cearmos, anunciamos Sua morte, e devemos fazê-lo até que Ele volte. Ao comer o pão e beber do cálice, em memória de Cristo, mantemo-nos conscientes do sacrifício que nos remiu.

Precisamos *viver* nessa esfera de consciência do que Jesus realizou. É a melhor forma de alimentar nosso amor por Ele. Os cânticos de Apocalipse são um retrato claro de que a ênfase na gratidão durará para todo o sempre. Veja que a morte de Cristo recebe destaque no louvor e na adoração ofertados lá na glória:

> *E cantavam um cântico novo, dizendo: "Digno és de pegar o livro e de quebrar os selos, PORQUE FOSTE MORTO E COM O TEU SANGUE COMPRASTE PARA DEUS os que procedem de toda tribo, língua, povo e nação e para o nosso Deus os constituíste reino e sacerdotes; e eles reinarão sobre a terra".*
>
> *Vi e ouvi uma voz de muitos anjos ao redor do trono, dos seres viventes e dos anciãos, cujo número era de milhões de milhões e milhares de milhares, proclamando com voz forte: "DIGNO É O CORDEIRO QUE FOI MORTO de receber o poder, a riqueza, a sabedoria, a força, a honra, a glória e o louvor"* [grifos do autor].

APOCALIPSE 5:9-12

Desde o Antigo Testamento, foi apresentada a figura de um cordeiro, um animal inocente, morrendo pelos pecados do povo.

DE TODO O CORAÇÃO

Quando Jesus vem a público, João Batista faz a conexão: *Eis o Cordeiro de Deus, que tira o pecado do mundo!* (João 1:29). O apóstolo João, em Apocalipse, também refere-se ao Cordeiro e Seu sacrifício, apontando diretamente para o sacrifício vicário de Cristo na cruz do Calvário — o que motiva louvor.

Observe outra declaração:

> *Depois destas coisas, vi, e eis grande multidão que ninguém podia contar, de todas as nações, tribos, povos e línguas, em pé diante do trono e diante do* CORDEIRO, *vestidos de vestes brancas, com ramos de palmeira nas mãos. E clamavam com voz forte, dizendo: "Ao nosso Deus, que está sentado no trono, E AO* CORDEIRO, *pertence a salvação"* [grifos do autor].

APOCALIPSE 7:9,10

De modo semelhante, precisamos aprender não apenas a recordar, mas a louvar constantemente o que Cristo consumou por nós, porque isso despertará gratidão. Se aprendermos a viver com tal consciência, tudo será diferente! Nossa autoavaliação será honesta em denunciar misérias, nossa postura não será arrogante, nosso coração rejeitará a religiosidade. Por fim, nosso amor aumentará, com base em uma permanente dívida de gratidão para com Deus.

Encerro este capítulo esclarecendo que a expressão "dívida de gratidão" não deve soar pesada. Dever dinheiro, ou a própria vida como no caso do escravo, pode parecer um jugo, mas não é disso que se trata a dívida de gratidão. Nada poderíamos fazer para pagar o que Ele fez! Nossa gratidão não quita a dívida pelo pecado, mas decide louvar e honrar um ato impagável. Esse era o entendimento dos moravianos, que passaram a ter como "grito de guerra" a declaração: "Que por meio da nossa vida o Cordeiro que foi imolado receba a recompensa pelo Seu sacrifício!"

DÍVIDA DE GRATIDÃO

Para aquele que vive no exercício de recordar quão agraciado foi, a dívida de gratidão é efeito colateral, consequência, quase uma resposta obrigatória, ao mesmo tempo que se manifesta em um estilo de vida terno, afetuoso, humilde e dedicado ao agraciador. Não porque deseja pagar, mas justamente porque reconhece o presente impagável dado a um miserável! O agradecido não se sente obrigado, mas *deseja* manter uma postura de reconhecimento e agradecimento diante dAquele que o salvou.

Além do mais, se essa conduta é vista nos adoradores do tempo da glória, citados em Apocalipse, por que não a adotar desde já? Não penso ser à toa que a Bíblia indica a redenção como tema central da adoração nos céus – o objetivo é afetar-nos agora, o alvo é despertar atitude semelhante em nós ainda no presente. Não sei quanto a você, mas eu não quero ser surpreendido apenas quando chegar lá. Meu desejo é experimentar o céu já aqui na terra. Que a constatação dessa dívida de gratidão redunde hoje em louvor ao Cordeiro e desperte, cada vez mais, nosso amor pelo Redentor – até a eternidade.

Como estímulo, reflita: o que poderíamos oferecer ao Deus que criou tudo? O que nossa vida poderia acrescentar a Ele? A alguns que diriam para não fazer esse tipo de questionamento, eu digo: por que não? Mesmo que não seja possível responder com clareza a tais perguntas, o que não podemos ignorar é que o contrário, certamente, seria fatal: o que seríamos nós sem Ele?

DOAR-SE A DEUS

*Uma vida fácil, que a si mesmo não se
negue, nunca será poderosa.
Produzir frutos exige suportar cruzes.*

HUDSON TAYLOR

Roma, 16 de agosto de 2003, aproximadamente 13h30. Parei em frente à Piazza di Spagna com minha esposa, Kelly, e a pastora que nos ciceroneava, Roselen Faccio, do Ministero Sabaoth, de Milão. Ali, viajei no tempo e na história. Ao encarar os postes modernos que rodeavam a praça, não pude conter as lágrimas.

Por volta do ano 67 d.C., o imperador romano Nero, com requintes de crueldade, torturou e matou inúmeros cristãos. Alguns, nas palavras de John Fox na obra *O livro dos mártires*, "com as vestes encharcadas de cera inflamável, foram atados aos postes de seu jardim particular, onde lhes atearam fogo para que ardessem como tochas de iluminação". Mesmo não estando no jardim de Nero – que fica no Vaticano –, projetei corpos inocentes, em chamas, naqueles postes.

Ao revisitar a história, chorava fortemente. Imaginei não apenas a dor que os mártires sentiram pelo tipo cruel de assassinato, mas também a tristeza da separação provada pelas famílias. Além disso, meditei no quanto o sangue dos santos que se doaram à causa do evangelho deve ter edificado, poderosa e drasticamente, a Igreja de Cristo daquele tempo.

Nos *Annales* de Tácito, historiador romano, em um comentário sobre a perseguição aos cristãos nos dias de Nero, lemos:

> E, em suas mortes, eles foram feitos objetos de esporte, pois foram amarrados nos esconderijos de bestas selvagens e feitos em pedaços por cães, ou cravados em cruzes, ou incendiados, e, ao fim do dia, eram queimados para servirem de luz noturna.
>
> *Annales*, 15:44

Atualmente, não se entende a dimensão de compromisso, muito menos a nobreza manifestada por aqueles seguidores de Jesus Cristo. Hebreus fala sobre alguns de cuja vida *o mundo não era digno* (Hebreus 11:38), e foi isso que senti naquele dia. Tive certeza de que o mundo jamais entenderá plenamente a atitude honrosa daqueles santos, nem saberá corresponder com dignidade. Sempre pensei que não seria difícil morrer por Jesus, uma vez que o crente não tem medo da morte. Muitas vezes, brinco ao citar um pregador que ouvi: "O crente não morre; é promovido e transferido. Ele deixa de trabalhar na filial, vai lá para a matriz e fica mais perto do Patrão!"

Contudo, das escadarias da Praça da Espanha, percebi o momento da morte por outro ângulo: a dor da separação familiar. Pensei em meus filhos, Israel e Lissa, que estavam com 5 e 2 anos de idade, respectivamente. Eles não nos acompanharam na viagem; estavam no Brasil, na casa de meus sogros. Algumas questões me incomodaram: como seria se eu morresse naquele momento? Como seria partir sem poder despedir-me de meus filhos? Qual seria minha própria atitude diante da morte, tendo em vista o fato de que não poderia mais oferecer meu colo de pai aos meus filhos, nem os encaminhar na vida, nem suprir suas necessidades, nem providenciar alguém que os educasse?

Não por mera conclusão racional e lógica, mas por revelação interior, admiti que é necessário muita fé e consagração para entregar-se ao martírio. Não se trata só de atravessar o portal para a vida eterna – talvez essa seja a parte mais fácil. A grande questão é aceitar deixar tudo para trás!

É surpreendente constatar a profundidade da renúncia daqueles cristãos, mas o modo com que fizeram isso constrange meu coração. A tradição aponta que muitos morriam cantando. Isto mesmo: louvando até o fim! Quando um abandonava o cântico e passava a gritar – por não aguentar mais a dor e o calor das chamas –, outro continuava a música exatamente do mesmo trecho em que o anterior havia parado. Como projetar uma cena dessa e não sentir o coração rachar?

Naquele dia, com profunda dor no coração, pedi ao Espírito Santo que me ensinasse mais sobre *consagração*. Em seguida, renovei cada voto que já havia feito ao Senhor. Na mesma viagem pela Itália, também tive o privilégio de conhecer o Coliseu. Muitos dos primeiros crentes entregaram honrosamente sua vida ali. Da mesma forma, vários louvavam ao Senhor enquanto aguardavam ser devorados pelos leões. Isso é que é consagração! Isso é que é amor! No ensino bíblico, há uma relação entre amor e entrega de vida. Observe a afirmação de Paulo aos cristãos de Roma:

> *Porque Cristo, quando nós ainda éramos fracos, morreu a seu tempo pelos ímpios. Dificilmente alguém morreria por um justo, embora por uma pessoa boa alguém talvez tenha coragem para morrer. Mas DEUS PROVA O SEU PRÓPRIO AMOR PARA CONOSCO PELO FATO DE CRISTO TER MORRIDO POR NÓS quando ainda éramos pecadores* [grifos do autor].
>
> ROMANOS 5:6-8

O amor de Deus ficou provado quando Cristo morreu por nós. A Bíblia, entretanto, estende essa conexão entre amor e

DE TODO O CORAÇÃO

morte ao que nós devemos fazer por Ele e por nossos irmãos. Dar a própria vida é a mais elevada expressão de amor, seja ao Senhor, seja ao próximo. Veja:

Nisto conhecemos o amor: que Cristo deu a sua vida por nós; portanto, também nós devemos dar a nossa vida pelos irmãos [grifos do autor].

1João 3:16

Ninguém tem amor maior do que este: de alguém dar a própria vida pelos seus amigos [grifos do autor].

João 15:13

Quando falamos de amar a Deus, precisamos entender o que está implícito: entrega de vida. Enquanto não há disposição em doar a vida por causa do Senhor, ainda não se alcançou o amor que a Bíblia ensina, o amor que o próprio Cristo ensinou na cruz.

Em *Imitação de Cristo*, obra literária considerada um dos mais belos frutos da piedade mística medieval, Tomás de Kempis afirma:

Bem-aventurado é aquele que entende o que significa amar a Jesus e desprezar a si mesmo por amor a Cristo. Você deve deixar para trás tudo o que ama por amor a seu Amado, porque Jesus deve ser amado acima de todas as coisas [...]. A natureza do seu Amado é tal que ele não admite rivalidade; ele quer só para si seu coração para nele reinar como o rei em seu trono.

Somos chamados a demonstrar amor ao Senhor mediante nossa decisão pela morte, pela rendição completa. O amor de Cristo fez com que Ele morresse por nós, e Deus espera que correspondamos ao Seu investimento com disposição semelhante:

Pois o amor de Cristo nos domina, porque reconhecemos isto: um morreu por todos; logo, todos morreram. E ele morreu por todos, para que os que vivem NÃO VIVAM MAIS PARA SI MESMOS, mas para aquele que por eles morreu e ressuscitou [grifos do autor].

2Coríntios 5:14,15

O entendimento do amor sacrificial de Cristo deve produzir em nós tanto constrangimento quanto resposta. Embora muitos cristãos não demonstrem compromisso à altura, Deus deseja reverter o quadro. Creio que o Espírito de Deus há de levantar um povo no meio de Seu povo – esse grupo será tomado por paixão e servirá a Jesus até as últimas consequências.

MORRER POR AMOR

Então, convocando a multidão e juntamente os seus discípulos, Jesus lhes disse:

> — *Se alguém quer vir após mim, negue a si mesmo, tome a sua cruz e siga-me. Pois quem quiser salvar a sua vida a perderá; e quem PERDER A VIDA POR MINHA CAUSA e por causa do evangelho, esse a salvará* [grifos do autor].

Marcos 8:34,35

Em lugar da frase *quem perder a vida* POR MINHA CAUSA, a *Tradução Brasileira* optou por *quem perder a sua vida* POR AMOR *de mim*, porém a palavra "amor" não consta nos originais. Marcos fez uso do termo grego *heneka* (ενεκα), que, de acordo com Strong, significa "a fim de que, por causa de, por esta causa, consequentemente". Independentemente de estar ou não naquela afirmação do evangelista, o amor é vinculado ao ato de perder a vida pelo evangelho. É isto que princípios bíblicos revelados ao longo das Escrituras levam a concluir: morrer por Ele não pode ser uma atitude desprovida de amor.

Jesus enfatizou ser necessário tomar a cruz para ser discípulo, mas o que exatamente significa "tomar a cruz"? Nos dias

DE TODO O CORAÇÃO

de Cristo, o império romano crucificava os criminosos. Quando chegava a hora da morte, o condenado precisava carregar a própria cruz até o local onde seria morto. Era uma forma de tornar público que o prisioneiro caminhava em direção à sua condenação.

Isso também aconteceu com Jesus, que foi obrigado a carregar Sua cruz. Inclusive, em determinado momento, pela provável dificuldade de fazê-lo sozinho – em razão dos sofrimentos que lhe foram infligidos –, o Messias precisou de ajuda: *E obrigaram Simão Cireneu, que passava, vindo do campo, pai de Alexandre e de Rufo, a carregar a cruz de Jesus* (Marcos 15:21).

A expressão "obrigaram" revela que os soldados romanos impuseram a Simão que ajudasse, ou seja, o caminho até o local da execução também importava, e não apenas a crucificação em si. Aquela caminhada precisava continuar, porque havia um motivo para tal: impactar as testemunhas – todos deveriam saber que uma pessoa se dirigia à morte.

Kent Brower, no *Novo comentário bíblico Beacon*, explica:

> A cruz era um instrumento de execução estatal normalmente reservado para escravos e revolucionários. SERVIA PARA ATERRORIZAR AS PESSOAS QUE PODERIAM SER TENTADAS A DESAFIAR A HEGEMONIA ROMANA. A frase TOME A SUA CRUZ poderia significar carregar a viga transversal sobre a qual o condenado seria crucificado no local de execução.

Respondendo à pergunta que levantei, "tomar a cruz" é escolher morrer para nós mesmos. Ao dizer: *Se alguém QUER vir após mim, negue a si mesmo, tome a sua cruz e siga-me*, Jesus não afirma que obrigará o homem a fazer coisa alguma, mas que deve partir do próprio homem a *decisão* por executar aquilo que é *necessário* a qualquer um que almeja seguir a Cristo: negar a si mesmo e morrer para si. Mais que isso, o Mestre não utilizou a figura da cruz por acaso: Ele não apenas apontou para um símbolo de *morte*, mas para o ritual da crucificação como um todo, incluindo a caminhada para que o sacrifício se tornasse público.

Conclui-se que tomar a cruz implica aceitar, mas também reconhecer *diante de todos* a própria sentença de morte — morte para si mesmo. Só assim, negando-se e caminhando, diante de testemunhas, em direção à morte, é que se poderia seguir Jesus e ser contado como Seu discípulo. É importante ressaltar que não se tratava de uma probabilidade, e sim de uma certeza.

Devo ser repetitivo aqui: apesar de a história comprovar o martírio de muitos, não significa que o Senhor desejasse a morte *literal* de Seus discípulos quando ordenou que tomassem a cruz. Demorei alguns anos para entender o princípio espiritual da abnegação implícito nas palavras de Cristo. O fato é que Deus não exige, necessariamente, a entrega literal da vida, e sim a *disposição* de perdê-la por amor a Ele. As primeiras gerações de crentes mantinham tal postura, e certamente deveríamos seguir o exemplo. Se precisarmos morrer fisicamente, que morramos, mas que jamais deixemos de morrer para nosso eu, nosso ego, nossa carne, nossos desejos desalinhados, nosso coração enganoso. E que todos vejam nossa caminhada de morte!

Madame Guyon afirmou: "É impossível amar a Deus sem amar a cruz [...]. Deus nos dá a cruz, e a cruz nos dá Deus".

ACELERAR OU RETARDAR A ENTREGA

Todos nós que cremos devemos provar essa morte, a negação própria. Se amamos ao Senhor, nós nos quebrantamos e morremos para nós mesmos. Essa é a regra, e não a exceção. Atente para a declaração de Paulo:

DE TODO O CORAÇÃO

Por amor de ti, SOMOS ENTREGUES À MORTE continuamente; fomos considerados como ovelhas para o matadouro [grifos do autor].

ROMANOS 8:36

Durante muito tempo, achei que carregar a cruz seria padecer algum tipo de sofrimento imposto por Deus, até que compreendi que tomar a cruz não tem nada a ver com isso: trata-se de decidir morrer para si. Depois de corrigir a mentalidade errada, eu ainda continuei a tropeçar no entendimento do princípio, só que em outro aspecto. Acreditava que aqueles crentes que tomavam a cruz o faziam por serem especiais, cheios de virtude, ou até mesmo por terem sido presenteados por Deus com graça maior. Esse mesmo engano tem paralisado a vida espiritual de muitos.

Todos, sem exceção, devem tomar a cruz. A orientação não é exclusiva a alguns poucos e seletos discípulos. Mais que isso, não é opcional, mas uma condição estabelecida por Jesus: quem quiser segui-lO precisa morrer. É uma imposição, sim — a quem deseja ser discípulo! Dietrich Bonhoeffer, em seu livro *Discipulado* afirma: "Quando Cristo chama um homem, propõe que ele venha e morra".

Cristo desenhou o cenário oposto: *E quem não tomar a sua cruz e vier após mim não pode ser meu discípulo* (Lucas 14:27). Está bastante claro para mim: quem não toma a cruz não pode ser discípulo de Jesus. Não se pode classificar os que tomam a cruz como discípulos *virtuosos* e como discípulos *menos espirituais* os que não a tomam. Ou toma a cruz, ou não é discípulo. Quem quiser ser discípulo deve assumir um compromisso de morte, precisa "assinar um contrato" que contém o morrer para si mesmo como cláusula. David Neale, em *Novo comentário bíblico Beacon*, comenta assim a declaração de Jesus:

As vibrantes exigências do discipulado são dirigidas à vasta gama de seguidores, e não somente aos principais discípulos.

DOAR-SE A DEUS

Isso torna as exigências ainda mais rígidas. Esses não são requisitos para alguns da elite, mas para muitos, inclusive os leitores de Lucas.

Ao afirmar que devemos tomar a cruz, não estou dizendo que se trata de algo que Deus nos *força* a fazer. Quando Jesus falou sobre perder e salvar a vida, deixou claro haver duas opções e, consequentemente, a necessidade de escolher uma ou outra. Contudo, se decidimos não tomar a cruz – ressalto que não seremos forçados a tomá-la –, estamos decidindo, também, pela não qualificação como discípulos de Cristo. O contrário é real: se escolhemos ser verdadeiros discípulos, decidimos, também, tomar a cruz. Morrer para si mesmo é *exigência inegociável* para quem almeja ser discípulo de Cristo; já o ser ou não discípulo de Jesus é uma escolha de cada um. O que não é possível é escolher o discipulado e rejeitar a cruz.

John Blanchard declarou: "Morrer para nosso conforto, nossas ambições e nossos planos faz parte da própria essência do cristianismo". François Fénelon afirmou: "Não há outra forma de viver esta vida cristã a não ser mediante uma contínua morte para o eu". Muitos dos piedosos homens e mulheres de Deus, ao longo da história, criam, ensinavam e viviam por esses valores, que quase desapareceram do cristianismo moderno e ocidental. Na qualidade de discípulo, a cruz virá de um jeito ou de outro – cedo ou tarde. A questão é que podemos escolher de que forma o processo se dará, se mais ou menos doloroso.

Vamos voltar à afirmação de Cristo registrada em Marcos 8: *Pois quem quiser salvar a sua vida a perderá; e quem perder a vida por minha causa e por causa do evangelho, esse a salvará.* Desde garoto, eu achava que salvar a vida tinha a ver com "ir para o céu" e perder a vida tinha a ver com "ir para o inferno". Eu pensava assim: "Quem quiser salvar a sua alma e ir para o céu terá que perdê-la aqui na terra, fugindo dos prazeres do mundo!"

DE TODO O CORAÇÃO

Cristo, entretanto, ao citar os que queriam salvar sua vida, refe-ria-Se aos que, pelo fato de não desejarem tomar a cruz, esco-lhiam *dirigir* a própria vida. Ou seja, Ele falava dos que não aceitavam a morte de si mesmos. A palavra grega usada nos origi-nais e traduzida por "salvar" é *sozo*. Segundo o *Léxico de Strong*, o termo possui um significado abrangente: "salvar, manter são e salvo, resgatar do perigo ou destruição; *poupar alguém de sofrer* (de perecer), fazer bem, curar, restaurar a saúde; preservar alguém que está em perigo de destruição, salvar ou resgatar". No contexto da afirmação de Jesus, evidencia-se o sentido de autopreservação.

Quando Cristo disse que quem tenta salvar sua vida vem a perdê-la, não quis retratar a salvação espiritual. Seria contraditó-rio afirmar que quem quer se salvar perderá a alma e quem quer perder a alma será salvo. O foco era a aceitação ou não da con-dição de tomar a cruz, no sentido de morrer para si mesmo. Vou parafrasear o versículo para explicá-lo, mas adianto que você apenas compreenderá plenamente quando atingir o final deste capítulo: "Quem se autopreservar e evitar a morte de si mesmo, corre o risco de sofrer muito mais, inclusive a morte física. Já quem se entregar logo à morte, na disposição de perder a vida pelo Senhor, será poupado de sofrimentos maiores e pode ser livre do martírio". Todas as tentativas de escapar da cruz são inú-teis, em vão, pois a vida do discípulo culmina na cruz. Se a deci-são é por ser discípulo, também é por morrer. Quanto maior a resistência à morte, quanto maior a busca por preservar-se da negação de si mesmo, maior será o atraso do crescimento espiri-tual. Jesus continuou sua declaração dizendo que quem perder sua vida virá a salvá-la.

O que Ele quis dizer?

Mais uma vez, significa que o discípulo vai para a cruz de qualquer jeito! Quem se entrega logo, contudo, é poupado de dores e paga um preço menor. Por outro lado, quem reluta,

DOAR-SE A DEUS

fugindo da cruz e tentando poupar-se, paga mais caro e sofre mais no processo. Creio que essa diferença pode ser vista em outro versículo:

Todo o que cair sobre esta pedra ficará em pedaços; e aquele sobre quem ela cair ficará reduzido a pó.

LUCAS 20:18

Ouvi essa aplicação há muitos anos, em uma pregação do pastor Jack Schisler, que já partiu para estar com o Senhor. A pedra, no contexto do versículo, é Jesus. Quem cair – ou decidir lançar-se – sobre Ele será *feito em pedaços*. Esse é um nível de quebrantamento que experimentam aqueles que são voluntários na entrega de vida. Já os que não se lançarem descobrirão que a Pedra virá contra eles, *reduzindo-os a pó*. Aqui encontra-se outro nível de quebrantamento, que reduz os atingidos a pedaços ainda menores.

A escolha de entregar-se logo ou não afeta o impacto e a intensidade do quebrantamento. Todos temos que tomar a cruz, isto é, morrer para nós mesmos. Todos precisamos de quebrantamento. No entanto, podemos *acelerar* ou *retardar* o processo. Torná-lo mais ou menos doloroso. Ou tomamos logo a cruz, dispostos a morrer, ou deixamos para depois e pagamos mais caro!

Observemos o texto inteiro para enxergar mais detalhes:

Então, convocando a multidão e juntamente os seus discípulos, Jesus lhes disse:

— Se alguém quer vir após mim, negue a si mesmo, tome a sua cruz e siga-me. Pois quem quiser salvar a sua vida a perderá; e quem perder a vida por minha causa e por causa do evangelho, esse a salvará. De que adianta uma pessoa ganhar o mundo inteiro e perder a sua alma? Que daria uma pessoa em troca de sua alma? Pois quem, nesta geração adúltera e pecadora, se

117

DE TODO O CORAÇÃO

envergonhar de mim e das minhas palavras, também o Filho do Homem se envergonhará dele, quando vier na glória do seu Pai com os santos anjos.

Dizia-lhes ainda:

— Em verdade lhes digo que, dos que aqui se encontram, existem alguns que não passarão pela morte até que vejam ter chegado com poder o Reino de Deus.

MARCOS 8:34-38–9:1

Dentre tantas coisas que o Mestre falou a Seus discípulos, Ele expôs uma verdade que precisa ser relacionada com a responsabilidade de acelerar ou retardar o processo da necessária consagração de vida do discípulo. Em Marcos 9:1, que é uma extensão inseparável do texto que vem antes, Ele falou que alguns não morreriam *antes de ver Sua vinda e a chegada do Reino de Deus com poder*. Alguns pontos a serem observados:

1. Aqui, Jesus falou a Seus apóstolos sobre morte física, literal, e não apenas simbólica.
2. A colocação feita pelo Senhor está no plural, o que indica que a possibilidade de não morrer (sem antes ver o reino chegando com poder) referia-se a mais de um de Seus discípulos, ou seja, poderia acontecer com *alguns* deles.
3. Se aquela geração de discípulos já morreu e Jesus ainda não voltou, como essas palavras podem ser reconhecidas como verdadeiras? Responderei adiante, neste mesmo capítulo, mas ressalto que tal afirmação é uma chave que nos ajuda a entender o que aconteceu com os apóstolos e também compreender a maneira em que eles morreram.

A tradição oral e os escritos posteriores aos primeiros dias da fé cristã sugerem que todos os apóstolos foram martirizados, menos João. Embora haja divergências entre os vários registros, documentados depois de muitos anos de transmissão exclusivamente oral, acho interessante mencionar como se cria, já nos primeiros séculos da era cristã, ter sido o martírio dos apóstolos de Cristo. John Fox, em *O livro dos mártires*, registrou os seguintes tipos de morte:

COMO MORRERAM OS APÓSTOLOS	
André	Morreu em Edesa, na Ásia, numa cruz em forma de "X". Daí a origem do nome Cruz de Santo André.
Bartolomeu (Natanael)	Pregou o evangelho em vários países e, ao traduzir o evangelho de Mateus para um dos idiomas da Índia, propagou-o neste país. Por último, foi cruelmente açoitado e crucificado pelos conturbados idólatras (outras fontes dizem que teria sido chicoteado até a morte).
Filipe	Trabalhou diligentemente na Ásia Superior e sofreu o martírio em Heliópolis, na Frígia. Foi açoitado, lançado no cárcere e depois crucificado em 54 d.C.
João	Conta-se que foi jogado num caldeirão de óleo fervente, de onde escapou milagrosamente, sem dano algum. Domiciano exilou-o na ilha de Patmos, onde escreveu o livro de Apocalipse.
Judas Tadeu	Foi crucificado em Edesa, em 72 d.C.
Mateus	Foi assassinado por uma alabarda, na Etiópia, em 60 d.C.
Matias	Morreu em Jerusalém, onde foi apedrejado e depois decapitado.
Pedro	Foi crucificado (de cabeça para baixo).
Simão (o zelote)	Pregou o evangelho na Mauritânia, África, e até na Grã-Bretanha, onde foi crucificado em 74 d.C.

Tiago (o menor)	Aos 99 anos, foi espancado e apedrejado pelos judeus que, finalmente, abriram-lhe o crânio com um garrote (alguns dizem que foi crucificado junto com Simão, o zelote).
Tiago (o maior)	A Bíblia diz que Herodes o passou a fio de espada (Atos 12:1,2). Clemente de Roma refere-se ao uso da espada como se tratando de uma decapitação.
Tomé	Pregou o evangelho na Pártia e na Índia, onde, ao provocar a ira de sacerdotes pagãos, morreu atravessado com uma lança.

Ao estudarmos sobre o amor ao Senhor, não podemos deixar de dar destaque ao apóstolo João, que foi chamado de *o discípulo a quem Jesus amava*. Confesso que, durante a adolescência, eu sentia uma ponta de ciúme dele. Vários questionamentos sem resposta levavam-me a tal estado.

Por que ele era o "queridinho" do Mestre?

Por que ele foi o único apóstolo não martirizado?

Por que foi entregue a ele o cuidado da família de Jesus?

Por que ele foi o único a receber as gloriosas visões do fim dos tempos?

Tudo pode ser entendido com base na palavra dada por Jesus em Marcos 9:1, que menciona alguns que não passariam pela morte sem ver o Reino de Deus chegar com poder. Isso se cumpriu na vida de João!

EM QUE JOÃO ERA DIFERENTE?

Observe que, quando Jesus foi preso no jardim de Getsêmani, *todos os discípulos O deixaram e fugiram* (Mateus 26:56). Cumpriu-se a Escritura: *Ferirei o pastor, e as ovelhas do rebanho ficarão dispersas* (Mateus 26:31). Contudo, o evangelho de João nos mostra que, embora mantendo certa distância, dois continuaram a seguir Jesus: João e Pedro. A diferença entre um e outro foi que João não negou o fato de ser discípulo de Jesus, ao passo que Pedro, sim:

> *Simão Pedro e outro discípulo seguiam Jesus. Esse discípulo era conhecido do sumo sacerdote e, por isso, conseguiu entrar no pátio da casa deste com Jesus. Pedro, porém, ficou de fora, junto à porta. O outro discípulo, que* ERA CONHECIDO DO SUMO SACER-DOTE, *saiu, falou com a encarregada da porta e levou Pedro para dentro. Então a empregada, encarregada da porta, perguntou a Pedro:*
>
> *— Você* TAMBÉM *não é um dos discípulos desse homem?*
>
> *Ele respondeu:*
>
> *— Não, não sou* [grifos do autor].
>
> JOÃO 18:15-17

Como João era conhecido do sumo sacerdote, ele já entrou no pátio identificado como discípulo de Cristo. E foi justamente por saberem a respeito de João que perguntaram a Pedro: *Você também não é um dos discípulos desse homem?* O uso de "também" evidencia que alguém já fora identificado como seguidor de Jesus, a saber, João. Pedro, porém, negou ser discípulo de Jesus.

Por quê?

Provavelmente por medo de ser preso e executado com Seu Mestre.

A Bíblia revela que, na hora da crucificação, a maioria dos discípulos permaneceu a distância (Mateus 27:55,56), movidos pelo mesmo medo de serem julgados e até mesmo morrerem juntamente com Jesus. O único dos doze apóstolos claramente mencionado perto da cruz é João:

E JUNTO À CRUZ ESTAVAM A MÃE DE JESUS, a irmã dela, Maria, mulher de Clopas, e Maria Madalena. VENDO JESUS A SUA MÃE E JUNTO DELA O DISCÍPULO AMADO, disse:

— Mulher, eis aí o seu filho.

Depois, disse ao discípulo:

— Eis aí a sua mãe.

Dessa hora em diante, o discípulo a tomou para casa [grifos do autor].

JOÃO 19:25-27

João foi o único que nunca deixou de estar ao lado do Mestre, tanto no Sinédrio, por ocasião da prisão e do julgamento do Senhor, como também na hora da crucificação. Em outras palavras, ele foi o único que não tentou salvar sua vida, que não temeu a possibilidade de ser preso e executado com Jesus. Ele sempre se expôs como discípulo de Cristo, como se declarando: "Eu sou seguidor de Jesus e estou aqui. Se for preciso ser preso, sofrer e até morrer juntamente com Ele, estou disposto!"

Já ouvi pessoas alegando que a ausência de medo de João se dava ao fato de que, sendo ele menor de idade, não poderia ser executado, porém não sabemos a idade de João para afirmar isso. Fato é que a Bíblia não diz quantos anos ele tinha, nem que era menor de idade – são apenas suposições. Se, de fato, João fosse menor de idade e não houvesse razão para ter medo de ser preso, pergunto-me então: por que ele teria fugido dos guardas no Getsêmani?

Penso que João não foi martirizado por uma só razão: quando todos fugiram e permaneceram a distância – ou até mesmo negaram Jesus –, ele foi o único que *se dispôs* a morrer. Embora não tenha sido morto, sua disposição de ir até o fim por Jesus foi aceita por Deus como uma entrega da própria vida. Imagino que, assim como aconteceu com Abraão no quase sacrifício de seu filho Isaque, assim também João não precisou morrer, de fato, para que o Senhor considerasse sua vida como tendo sido entregue. A disposição de ir até o fim bastava!

Considere a conversa de Jesus com Pedro, registrada em João 21. Ela aconteceu depois da ressurreição e, portanto, tanto Pedro já negara a Cristo quanto João aceitara a possibilidade de morrer por Ele, mesmo esta não tendo sido consumada. O Senhor ressaltou o tipo de morte com que Pedro glorificaria a Deus – e o apóstolo sabia que estava ganhando uma segunda chance de morrer pelo Senhor, tendo em vista que desperdiçara a primeira. No mesmo diálogo, Pedro perguntou a Jesus sobre a morte de João:

> *Então Pedro, voltando-se, viu que o discípulo a quem Jesus amava vinha seguindo; era o mesmo que na ceia havia se reclinado sobre o peito de Jesus para perguntar: "Senhor, quem é o traidor?" Ao vê-lo, Pedro perguntou a Jesus:*
>
> *— Senhor, e quanto a este?*
>
> *Jesus respondeu:*
>
> *— SE EU QUERO QUE ELE PERMANEÇA ATÉ QUE EU VENHA, o que você tem com isso? Quanto a você, siga-me.*
>
> *Então se espalhou entre os irmãos a notícia de que aquele discípulo não morreria. Ora, Jesus não tinha dito que tal discípulo não morreria, mas: "Se eu quero que ele permaneça até que eu venha, o que você tem com isso?"*
>
> *Este é o discípulo que dá testemunho a respeito destas coisas e que as escreveu; e sabemos que o seu testemunho é verdadeiro* [grifos do autor].
>
> João 21:20-24

O que Cristo quis dizer com *Se eu quero que ele* PERMANEÇA *até que eu venha*?

Pouco antes, o tema sobre o qual conversavam Jesus e Pedro era a morte: *com que tipo de morte Pedro havia de glorificar a Deus* (João 21:19). Depois de registrar a resposta do Senhor à

DE TODO O CORAÇÃO

indagação de Pedro, João escreveu: *se espalhou entre os irmãos a notícia de que aquele discípulo não* MORRERIA. Logo, a informação que se espalhou foi uma dedução de que o Mestre usou o verbo "permanecer" para contrapor "morrer", ou seja, permanecer seria igual a continuar vivo, não morrer. O que Jesus disse: *Se eu quero que ele permaneça até que eu venha.* O que viralizou: João não morrerá. E quem divulgou essa interpretação de que João não enfrentaria a morte?

Acho divertido analisar essa história, pois é muito grande a probabilidade de que tenha sido o próprio apóstolo Pedro a espalhá-la. Isso se deduz porque somente três estavam presentes naquele momento: Jesus, João e Pedro. Jesus logo subiu ao céu, mas, no pouco tempo que ainda passou aqui, não faz sentido que tenha contado a alguns uma versão um pouco distorcida de Sua própria fala. Se João, em seus escritos, resolveu apontar na notícia um conteúdo diferente do que constava na fala original de Jesus, fica claro que reconhecia haver mal-entendido – dificilmente teria sido ele o divulgador, até porque o assunto lhe era sensível. Assim sendo, quem sobra? Pedro, o provável responsável por propagar aquela perspectiva.

Vamos recapitular o relato de João. Quando o apóstolo cita a fala do Mestre, não há registro de Jesus dizendo, em momento algum, que João não morreria, apenas que permaneceria *até que Jesus viesse* – a tese de que João não passaria pela morte constava apenas no boato. Como, então, justificar o erro de compreensão de Pedro e dos demais?

Para responder, cabe analisar qual era a doutrina apostólica acerca da vinda do Senhor e, também, da morte e ressurreição dos santos. Veja o que Paulo escreveu aos tessalonicenses:

> *E, pela palavra do Senhor, ainda lhes declaramos o seguinte: nós, os vivos, os que ficarmos até a vinda do Senhor, de modo nenhum precederemos os que dormem. Porque o Senhor mesmo, dada a sua*

DOAR-SE A DEUS

palavra de ordem, ouvida a voz do arcanjo e ressoada a trombeta de Deus, descerá dos céus, e os mortos em Cristo ressuscitarão primeiro; depois, nós, os vivos, os que ficarmos, seremos arrebatados juntamente com eles, entre nuvens, para o encontro com o Senhor nos ares, e, assim, estaremos para sempre com o Senhor.

1Tessalonicenses 4:15-17

Todo cristão será *ressuscitado* por ocasião do retorno de Cristo. Quem estiver vivo naquele dia não morrerá, mas será transformado *sem passar pela morte* (1Coríntios 15:51-54). Partindo dessa lógica, se João não morresse até a vinda de Jesus, então não morreria mais. Assim, faz sentido o boato que correu naqueles tempos.

Certa ocasião, quando ainda adolescente, acompanhei meu pai, que era pastor, em uma visita. O dono da casa gastou bastante tempo tentando convencer meu pai que o apóstolo João nunca morrera, mas estaria perambulando por algum lugar da terra até os dias de hoje. Ele se baseava no capítulo 21 do evangelho de João. Enquanto retornávamos para casa, conversei com meu pai sobre a argumentação daquele homem. Papai respondeu: "Isso só pode estar certo se você ignorar que João, exilado na ilha de Patmos, *viu a volta de Cristo*. A promessa não era de que ele não morreria, e sim de que isso não aconteceria até o apóstolo testemunhar o retorno de Jesus — mas ele testemunhou! João viu, antecipadamente e com muitos detalhes, a volta de Jesus".

Assunto resolvido! Entendi que João havia morrido — embora ainda consiga lembrar das imagens de minha fértil imaginação de adolescente projetando o apóstolo velhinho e encurvado, escondido em algum canto do planeta. Compreendi, também, que a promessa sobre "permanecer até que Cristo voltasse" não pode ser ignorada por quem pretende uma apreciação acurada da afirmação do Senhor Jesus.

DE TODO O CORAÇÃO

Depois que os demais apóstolos já haviam sido martirizados, João, já velho e farto de dias, provou o cumprimento das duas promessas: que permaneceria *até que Jesus viesse* (João 21:22) e, também, que não provaria a morte sem *ver o Reino de Deus chegar com poder* (Marcos 9:1). Onde? Como? No exílio na ilha de Patmos, mediante gloriosas visões do Apocalipse! Ele assistiu, de antemão e camarote, a tudo o que ocorrerá na segunda vinda de Jesus. Sim, antes de provar a morte, João viu chegar o Reino de Deus com poder. Olhar por essa perspectiva ajudou-me a solucionar objetivamente o questionamento: "Por que João foi favorecido em relação aos demais apóstolos?"

Em primeiro lugar, Jesus nunca fez distinção entre os discípulos. Por exemplo, a Bíblia não diz que Cristo deitou Sua cabeça no peito de João, e sim o contrário, isto é, partiu do apóstolo o impulso de reclinar-se e manter-se próximo ao coração de Jesus. Não se encontra nas Escrituras partidarismo por parte do Senhor nem nessa história nem em nenhuma outra.

Entretanto, Jesus aceita quando um discípulo distingue a si mesmo dos demais. Isso acontece quando provém do próprio discípulo um tratamento diferente para com Seu Senhor — mais amoroso, mais respeitoso, mais obediente. Foi assim que João agiu: de maneira excepcional, mesmo quando mais ninguém o fez.

Em segundo lugar, João recebeu as visões do Apocalipse e foi poupado do martírio não por ter sido mais amado que os outros, mas porque praticou princípios espirituais e colheu frutos. Outros também poderiam ter vivido o que ele viveu, desde que tivessem agido como ele agiu. Lembre-se de que a promessa de Jesus era que "alguns", no plural, e não somente João, poderiam, antes de morrer, ver Seu Reino chegando com poder (Marcos 9:1). A palavra não era exclusiva a João, mas João foi o único dos apóstolos a portar-se de tal maneira que possibilitasse o cumprimento daquela promessa. Creio que o modo

DOAR-SE A DEUS

pelo qual nós amamos a Jesus e correspondemos ao Seu amor afeta nosso destino. Pedro e os demais apóstolos que tentaram salvar a própria vida acabaram por sofrer posteriormente – perderam, literalmente, a vida. João, por sua vez, entregou-se desde o início à possibilidade de perder a vida, à disposição de morrer por Jesus, o que resultou em salvação literal de sua vida: não passou pelo martírio.

Ao pedir que tomemos nossa cruz, em um compromisso público de morte, Jesus não quer privar-nos de viver. Isso tanto é verdade que as Escrituras são taxativas: aquele que logo se dispõe a entregá-la acaba por salvá-la. Nosso Senhor intenta levar-nos a um lugar de tamanha abnegação e desprendimento de outros amores que o resultado é nada, absolutamente nada, conseguir prender-nos ou segurar-nos. De acordo com as palavras de Jesus, o oposto de perder a vida é *amá-la*. E os que não amam a própria vida estão livres das armadilhas do diabo:

> *Eles o venceram por causa do sangue do Cordeiro e por causa da palavra do testemunho que deram e, mesmo diante da morte, NÃO AMARAM A PRÓPRIA VIDA* [grifos do autor].
>
> APOCALIPSE 12:11

Quando alguém não ama a própria vida e dispõe-se a perdê-la, leva vantagem sobre Satanás e seus ardis. Não tem nada que o prenda, nada que o faça escravo. Richard Baxter declarou: "A morte perde metade de suas armas quando negamos em primeiro lugar os prazeres e interesses da carne". Cito mais uma vez Kempis, em *Imitação de Cristo*:

> Filho meu, desprenda-se de tudo e não guarde nada para si mesmo. Saiba que o amor a si mesmo o fere mais do que qualquer outra coisa no mundo. Conforme o amor e a afeição que você confere às coisas, tanto mais ou menos elas se prendem

a você. Se o seu amor for puro, simples e bem ordenado, você ficará livre da escravidão das coisas.

Contudo, se não nos entregarmos logo em amor, acabaremos tornando o preço mais caro do que precisava ser. Penso que esse princípio também esteja retratado na fala de Jesus a Paulo, quando apareceu a ele na estrada de Damasco. Observe o que Cristo disse ao fariseu que, até então, o perseguia:

> *Saulo, Saulo, por que você me persegue? É duro para você ficar dando coices contra os aguilhões!*
>
> ATOS 26:14

Para entender melhor a afirmação de nosso Senhor, compartilho um breve comentário acerca disso que fiz em meu livro *O agir invisível de Deus*:

> Em primeiro lugar, o que é um "aguilhão"? É uma ferramenta que praticamente não conhecemos nos dias de hoje, pois a tecnologia substituiu o seu uso. Hoje em dia, a grande maioria dos campos de plantio é arada por tratores, mas, naqueles dias de Paulo, o arado era puxado por bois ou cavalos. Quando o animal empacava, eles usavam um "aguilhão" de metal, que era uma espécie de lança, para espetá-lo e fazê-lo andar de novo.
>
> O *aguilhão*, portanto, era uma longa haste de metal, com a ponta afiada, cujo propósito era produzir incômodo e dor no animal, para fazer com que ele obedecesse ao seu dono. Ele era usado somente nos animais teimosos e obstinados.
>
> Veja o paralelo: Jesus disse que Paulo estava *dando coices contra os aguilhões*, o que nos revela que Deus tem os Seus aguilhões. E com que propósito Deus tem os Seus próprios aguilhões? Para usá-los em nossas vidas quando empacamos com relação à Sua vontade.

O problema do animal que dava coices no aguilhão é que ele se machucava. A lição a ser aprendida? Lutar contra os aguilhões não nos aliviará; pelo contrário, causará mais dor que a aguilhoada em si. Portanto, pare de lutar e entregue sua vida no altar de Deus. Não adianta tentar evitar o inevitável. Tome sua cruz! Isso acontecerá, cedo ou tarde – ou melhor, com menos ou com mais sofrimento!

Lembre-se: a decisão é sua, e o preço a ser pago virá como uma consequência de sua própria escolha.

Amor Incorruptível

*Não só estamos todos num processo
de transformação, mas estamos
nos tornando naquilo que amamos.
Em grande medida, somos o somatório
de tudo que amamos e, por necessidade
moral, cresceremos na imagem
daquilo que mais amamos.*

A. W. Tozer

Em uma noite fria, Kelly, minha esposa, e eu, emocionados, avistamos a cidade de Paris do alto de um dos monumentos mais conhecidos do mundo, a Torre Eiffel. Era 3 de novembro de 2005, e comemorávamos dez anos de casados. Embora agasalhados e abraçando apertadamente um ao outro, a sensação de calor provinha do coração. Alegres, afirmamos que nos amávamos mais do que quando ainda namorados, mais até do que quando nos casamos.

Pregaríamos na Alemanha, mas Deus nos presenteou com uma passagem pela França, justamente naquela data tão especial. Ali, na cidade do amor, oramos agradecidos por nosso casamento.

Foi inevitável lembrar de muitos casais que atendemos naquela década – também pastoreávamos juntos há dez anos. Quantos declararam que já não sentiam mais nada um pelo outro! Como é triste quando um cônjuge perde o amor. Graças a Deus, muitos provaram o milagre celestial no relacionamento e resgataram no Senhor o amor perdido.

Na mesma hora em que minha mente divagava em recordações, também pensei como seria terrível perder o amor da Kelly. Eu só podia ser grato a Deus, porque meu casamento não havia sucumbido ao longo dos anos; pelo contrário, ficara ainda mais forte. Diante de tais pensamentos, prometi à minha esposa: "Eu a amarei para sempre!"

Em um relacionamento, é natural o desejo de não somente amar, mas ser amado. Também é normal esperar que o amor não acabe nem se corrompa. Creio que Deus deseja que entendamos a importância de amá-lO sob o mesmo prisma. Penso ser essa a razão da seguinte declaração de Paulo:

> *A graça seja com todos os que amam a nosso Senhor Jesus Cristo com AMOR INCORRUPTÍVEL* [grifos do autor].

> EFÉSIOS 6:24, *TB*

Temos aqui uma definição do tipo de amor que permite um livre fluir da graça do Senhor em nossa vida. Algumas versões bíblicas traduziram a expressão por "amor sincero" ou "amor perene", mas a *Tradução Brasileira* e a *Versão Revisada de Almeida* optaram pelo termo "incorruptível".

O *Dicionário Vine* aponta que a palavra grega empregada nesse texto pelo apóstolo Paulo e que se encontra nos manuscritos originais é *aphtharsia*, que significa "incorrupção". Ela é usada com relação ao corpo da ressurreição (1Coríntios 15:42,50,53,54), em uma condição associada a glória, honra e vida. Às vezes, é traduzida por "imortalidade" (Romanos 2:7;

2Timóteo 1:10) e, de acordo com essa linha de pensamento, também pode dar a ideia de "sinceridade". Já o *Léxico de Strong* aponta os seguintes significados: "incorrupção, perpetuidade, eternidade; pureza, sinceridade".

As variações de tradução são todas cabíveis. A verdade é que não importa a tradução, porque amor puro e sincero também é aquele que traz em si perpetuidade. Esse é o amor que não apenas conserva pureza, mas dura para sempre!

Em suma, a afirmação de Paulo aos efésios faz com que reconheçamos pelo menos dois diferentes tipos de amor que os crentes podem manifestar ao Senhor: se há amor *incorruptível*, é porque também há o amor *corruptível*. Quando falamos, portanto, de amor ao Senhor, não basta reconhecer que há pessoas que O amam e pessoas que não O amam (1Coríntios 16:22). Se assim fosse, nossa única tarefa seria a de fazer que quem não ama passe a amar. No entanto, o desafio é maior. Até mesmo dentre os que hoje professam amar ao Senhor Jesus Cristo, há aqueles que O amam com um amor incorruptível e aqueles que, infelizmente, têm permitido que o amor se corrompa.

CORRUPÇÃO LIGADA AO SER HUMANO

A queda de Adão e Eva no jardim do Éden demonstra claramente a inclinação do ser humano à corrupção. Pouco tempo depois da criação e da queda, a Bíblia enfatiza que um juízo divino foi provocado pela manifestação dessa mesma corrupção:

> *O Senhor viu que a maldade das pessoas havia se multiplicado na terra e que todo desígnio do coração delas era continuamente mau. [...]*
>
> *São estas as gerações de Noé.*
>
> *Noé era homem justo e íntegro entre os seus contemporâneos; Noé andava com Deus. Gerou três filhos: Sem, Cam e Jafé.*

DE TODO O CORAÇÃO

A terra estava CORROMPIDA à vista de Deus e cheia de violência. Deus olhou para a terra, e eis que estava CORROMPIDA; porque todos os seres vivos haviam CORROMPIDO o seu caminho na terra. Então Deus disse a Noé:

— Resolvi acabar com todos os seres humanos, porque a terra está cheia de violência por causa deles. Eis que os destruirei juntamente com a terra [grifos do autor].

GÊNESIS 6:5,9-13

A verdade é que a corrupção passou a fazer parte da natureza humana afetada pelo pecado. A solução é bíblica: tal natureza precisa ser mortificada mediante o domínio do Espírito Santo.

Vamos caminhar um pouco mais nas Escrituras para observar e comprovar a natureza corrupta do homem. Um dos exemplos que mais impressiona acometeu Israel no deserto, logo depois que o Senhor tirou o povo do Egito com mão forte, sinais e prodígios. Moisés subiu ao monte para receber os mandamentos e ouviu de Deus a seguinte afirmação:

E o SENHOR me disse: "Levante-se, desça depressa, porque o seu povo, que você tirou do Egito, JÁ SE CORROMPEU. BEM DEPRESSA SE DESVIARAM DO CAMINHO que lhes ordenei; fizeram uma imagem fundida para si" [grifos do autor].

DEUTERONÔMIO 9:12

Estamos falando de uma geração que viu a glória do Senhor como nenhuma outra. O relacionamento com Deus mal começara e eles já se haviam corrompido! Aquela geração devia ter amado e correspondido profundamente, mas esqueceu-se dEle bem depressa.

Não citamos, contudo, uma característica que morreu junto com aquele povo, em um passado distante. A fácil corrupção também reflete a geração atual – repetimos o mesmo erro!

É triste reconhecer a inclinação do homem à corrupção, inclusive do amor, mas ela é real desde muito tempo atrás até hoje.

O desafio de todo cristão é caminhar com Deus em uma dimensão em que possa conservar seu amor intocável, incorruptível.

A Igreja brasileira vive um crescimento inédito. Nunca tivemos tantas conversões. Nossas igrejas nunca cresceram antes como crescem agora. Estatísticas, no entanto, indicam que a quantidade de desviados no país é quase a mesma que a de cristãos firmes – a proporção é quase de um para um! Mais que isso, é inevitável admitir o baixo nível do relacionamento dos crentes atuais com o Senhor. O quadro pode ser descrito com as palavras de um amigo, pastor Marcelo Jammal, que acertadamente disse: "Nunca antes nossas igrejas estiveram tão cheias de tanta gente vazia".

Diante de tudo isso, o desafio não é apenas ganhar os perdidos, mas ir além: ensiná-los a amar ao Senhor e manter esse amor incorruptível.

FONTE DA CORRUPÇÃO

Temos que admitir que a corrupção está ligada ao ser humano, à sua natureza carnal e pecaminosa. Paulo chamou essa condição interior de um cativeiro da corrupção:

> *Pois a criação está sujeita à vaidade, não por sua própria vontade, mas por causa daquele que a sujeitou, na esperança de que a própria criação será LIBERTADA DO CATIVEIRO DA CORRUPÇÃO, para a liberdade da glória dos filhos de Deus. Porque sabemos que TODA A CRIAÇÃO A UM SÓ TEMPO geme e suporta angústias até agora. E não somente ela, mas também nós, que temos as primícias do Espírito, IGUALMENTE GEMEMOS em nosso íntimo, AGUARDANDO a adoção de filhos, A REDENÇÃO DO NOSSO CORPO* [grifos do autor].
>
> ROMANOS 8:20-23

O apóstolo aponta que a *criação* está presa em um cativeiro da corrupção, razão que a leva a gemer e suportar angústias enquanto espera por libertação. Sabemos que tal sofrimento é consequência do pecado. O interessante é que, em seguida, Paulo afirma que nós igualmente gememos, aguardando a redenção de nosso corpo. Se a expressão "igualmente" sustenta que nosso desejo é semelhante ao da criação, de ser livre do cativeiro da corrupção, então temos mais uma prova de que sofremos do mesmo aprisionamento. Não apenas a criação se encontra em tal cárcere, mas também o homem.

A palavra grega traduzida por "corrupção" é *phthora*. Segundo Strong, significa: "corrupção, destruição, aquilo que perece; aquilo que está sujeito à corrupção, que é perecível". Em outras palavras, retrata algo que se estraga, que deixa de ser como era inicialmente. Fala também de decadência; aliás, esta foi a tradução empregada pela *Nova Versão Internacional*.

Só há uma saída ao que é corrupto e decadente: ser redimido.

Da mesma forma que a criação anseia por ser salva, é isto que nós almejamos: "a redenção de nosso corpo". Até lá, estamos cativos.

É óbvio que o apóstolo fala de uma redenção que ainda não aconteceu, senão não diria que ainda a aguardamos. As palavras de Paulo aos filipenses confirmam:

> *Pois a nossa pátria está nos céus, de onde também aguardamos o Salvador, o Senhor Jesus Cristo, O QUAL TRANSFORMARÁ O NOSSO CORPO DE HUMILHAÇÃO, PARA SER IGUAL AO CORPO DA SUA GLÓRIA, segundo a eficácia do poder que ele tem de até subordinar a si todas as coisas* [grifos do autor].
>
> FILIPENSES 3:20,21

Assim como aguardamos dos céus nosso Senhor, também aguardamos a redenção de nosso corpo – uma manifestação está ligada à outra. Entender que a transformação plena ainda não aconteceu e que nossa carne continua a carregar a velha natureza é de suma importância não somente para a interpretação das instruções neotestamentárias, mas também para a aplicação prática de tais verdades.

Reconhecer a inclinação ao pecado que há no próprio íntimo, verdadeira fonte de morte e corrupção, foi o que levou o apóstolo ao seguinte desabafo:

> *Miserável homem que sou! Quem me LIVRARÁ do corpo desta morte?* [grifos do autor].
>
> ROMANOS 7:24

Em primeiro lugar, note que a pergunta aponta para o futuro, pois trata de um aspecto não concluído da obra redentora — assunto que o apóstolo acaba por explicar adiante, no capítulo 8. Em segundo lugar, observe que Paulo relaciona o estado de prisão à carne, ao "corpo desta morte".

Fato é que a *fonte* de toda corrupção, inclusive de nosso amor corruptível para com o Senhor Jesus, encontra-se em nossa própria carne. É por isso que o crente em Jesus deve aprender a andar no Espírito e, assim, mortificar a própria carnalidade (Colossenses 3:5). É uma questão de escolher em que investir e o que fortalecer em nossa vida:

> *Não se enganem: de Deus não se zomba. Pois aquilo que a pessoa semear, isso também colherá. Quem semeia para a sua própria carne, da carne colherá corrupção; mas quem semeia para o Espírito, do Espírito colherá vida eterna.*
>
> GÁLATAS 6:7,8

Possuir uma fonte de corrupção em nós mesmos, entretanto, não significa que a corrupção seja inevitável. Não estamos fadados ao fracasso. Diante de nós, há sempre uma escolha.

Quanto à maneira antiga de viver, vocês foram instruídos A DEIXAR DE LADO A VELHA NATUREZA, QUE SE CORROMPE segundo desejos enganosos [grifos do autor].

EFÉSIOS 4:22

A carne carrega desejos enganosos, isto é, nós os carregamos. O que fazer então? Não nos entregar a eles! Pelo contrário, devemos *despojar-nos* deles – e de tudo o que fazia parte da antiga forma de viver, da velha natureza. É a única forma de não sermos vencidos pela corrupção da carne.

Existe um método eficaz para conseguir escolher *contra* nossos próprios desejos: encher-nos da Palavra de Deus. Ela é um poderoso instrumento divino para fazer com que andemos em vitória – ela nos ajuda a tomar a cruz, a morrer para nós mesmos. O contrário é verdadeiro: quando nos afastamos da Palavra, a corrupção certamente domina. Foi o que aconteceu nos dias de Neemias:

De todo NOS CORROMPEMOS CONTRA TI, e não guardamos os mandamentos, nem os estatutos, nem os juízos, que ordenaste a Moisés, teu servo [grifos do autor].

NEEMIAS 1:7, *ARC*

Devemos somar à vida alimentada pelas Escrituras um viver cheio do Espírito Santo, porque Ele nos empodera para vencer a carne: *vivam no Espírito e vocês jamais satisfarão os desejos da carne* (Gálatas 5:16). O que se conclui? O segredo contra a corrupção está naquela receita que todo cristão conhece, mas nem todo aplica: doses diárias de oração e meditação nas Escrituras, com toques do Espírito de Deus.

CORRUPÇÃO DO MUNDO

Vimos que carregamos em nossa própria carne o que podemos chamar de fonte de corrupção em potencial, contudo há um

AMOR INCORRUPTÍVEL

fator externo que também procura corromper-nos: a corrupção do mundo.

Não podemos negar que a obra redentora envolve tirar-nos de sob a influência e o domínio do mundo. Paulo, escrevendo aos gálatas, declarou que Jesus Se *entregou a si mesmo pelos nossos pecados, para nos livrar deste mundo perverso, segundo a vontade de nosso Deus e Pai* (Gálatas 1:4). A palavra traduzida por "livrar", no original grego, é *exaireo* (εξαιρεω) e significa "arrancar, tirar, livrar, libertar". A *Almeida Revista e Atualizada* traduziu por "desarraigar", e a *Nova Versão Internacional*, por "resgatar". Isso significa que uma intervenção divina nos proporcionou escapar da prisão de corrupção:

> *Por meio delas, ele nos concedeu as suas preciosas e mui grandes promessas, para que por elas vocês se tornem coparticipantes da natureza divina, TENDO ESCAPADO DA CORRUPÇÃO DAS PAIXÕES QUE HÁ NO MUNDO* [grifos do autor].
>
> 2Pedro 1:4

Ter escapado, contudo, da corrupção dos desejos mundanos — inicialmente, no ato da conversão — não significa que não haja mais risco de ser influenciado por eles. Todo cristão deve enfrentar a força corruptora das paixões que há no mundo e aprender a não ser contaminado por elas. Não se trata de algo automático. Tiago nos advertiu:

> *A religião pura e imaculada para com Deus, o Pai, é esta: visitar os órfãos e as viúvas nas suas tribulações, e GUARDAR-SE DA CORRUPÇÃO DO MUNDO* [grifos do autor].
>
> Tiago 1:27, *ARC*

Houve uma libertação da corrupção do mundo no momento da conversão? Sim. A redenção foi concluída, a ponto de não haver mais luta contra paixões mundanas? Não – até porque, como abordamos há pouco, a velha natureza corrupta continua em nós até o dia da redenção deste corpo da morte, ou seja, estamos suscetíveis à tentação e à queda diante do que o mundo oferece. A questão é que, em Cristo, somos livres para dizer não!

Vale lembrar que, como lemos em 2Pedro 1:4, a única forma de guardarmo-nos da força mundana é enchendo-nos da Palavra – *as suas preciosas e mui grandes promessas* – e da *natureza divina*, pelo Espírito de Deus que habita em nós.

Para combater suas forças, precisamos estabelecer o que é mundo. Não se trata de um espaço geográfico, mas de um sistema que engloba muitas estratégias para pressionar os cristãos, tentando subjugá-los novamente à corrupção. O que pressiona? Hábitos, padrões e comportamentos da maioria – comuns ao mundo, mas contrários ao padrão de Cristo. Nesse sentido, há uma intimidação direta da mídia, que não apenas vende um formato de vida inconsequente, mas massacra abertamente valores cristãos.

Enquanto o *slogan* do mundo é "faça e seja o que você quiser", o chamado de Jesus é "tome sua cruz e siga-me". Temos uma contradição irremediável, por isso o homem não pode escolher os dois: ou vive na corrupção mundana, ou aceita o chamado do Senhor.

Em meio a tal sistema corrompido, também precisamos manter-nos em alerta com relação às pessoas que nele vivem. A Bíblia é taxativa:

> *Não vos deixeis enganar: más companhias corrompem bons costumes.*
>
> 1Coríntios 15:33, *TB*

Passamos por toda essa explicação acerca da corrupção para voltar ao amor. E refiro-me, especificamente, ao amor

AMOR INCORRUPTÍVEL

incorruptível e *sacrificial*, porque esse é o convite divino. Precisamos morrer para nós mesmos, a base é essa, foi isso que aceitamos, está no contrato, é a essência de nossa aliança.

Em contraste, como o maligno pode distorcer isso? Fazendo parecer que Deus deseja nosso mal, que Ele deseja diminuir-nos, que o Senhor quer nos subjugar assim como fomos subjugados pelo diabo. Esse foi o teor da conversa de Satanás com Eva, lá no Éden, mas a sugestão de que o Criador estava privando a humanidade dos verdadeiros prazeres e conquistas é uma estratégia tanto antiga quanto atual. Observe como a Bíblia adverte que a mesma história de engano pode se repetir hoje:

> *Temo que, assim como a serpente, com a sua astúcia, enganou Eva, assim também A MENTE DE VOCÊS SEJA CORROMPIDA e se afaste da simplicidade e pureza devidas a Cristo* [grifos do autor].
>
> 2Coríntios 11:3

Um dos benefícios de entender que somos corruptos é também compreender por que é necessário morrer. Não há o que preservar da velha natureza! Somos mesmo miseráveis.

Entretanto morrer para nós mesmos não inclui quem *realmente somos* — espírito. Na verdade, despojar o velho homem faz vir para fora quem fomos criados para ser! O melhor de nós se esconde atrás do pior de nós. Só quando fazemos o pior morrer é que o melhor vem à tona.

Desejando o melhor para nós é que Cristo nos convida a morrer. Ele sabe que o melhor está depois da morte — e sabe por experiência. É assim que devemos olhar para a necessidade de negar a corrupção do mundo e afastar-nos daqueles que, envolvidos no que é mundano, podem corromper nossos bons costumes. Trata-se do melhor para nós!

É sutil: a corrupção do mundo e as pessoas corrompidas por ele podem *substituir* nosso amor ao Senhor. É claro que a mensagem não é aberta e clara, porque não cederíamos a uma propaganda do tipo "abandone seu amor pelo Senhor". A estratégia é simples, mas enganosa como a antiga oferta da serpente: oferecer outros amores. A ideia é que o cristão ame coisas e pessoas deste mundo e, assim, o amor por Jesus comece a esfriar (Mateus 24:12). Isso porque, à medida que as pessoas passam a envolver-se amorosamente com coisas mundanas, elas se distanciam progressivamente de Cristo!

Foi o que aconteceu com um dos cooperadores de Paulo. Veja:

> *Pois Demas me abandonou, TENDO AMADO O MUNDO PRESENTE, e foi para Tessalônica...* [grifos do autor].
>
> 2TIMÓTEO 4:10, *TB*

Esse versículo revela a estratégia maligna de afastar-nos do amor ao Senhor. A consequência imediata para Demas foi o abandono não só para com Paulo, seu discipulador direto, mas também para com o próprio Cristo.

O amor ao mundo afasta progressivamente de Deus, mas ainda faz pior: torna-nos inimigos dEle. Tal realidade não pode, jamais, ser ignorada.

PROSTITUIÇÃO ESPIRITUAL

> *Adúlteros e adúlteras, não sabeis vós que a amizade do mundo é inimizade contra Deus? Portanto, qualquer que quiser ser amigo do mundo constitui-SE INIMIGO DE DEUS* [grifos do autor].
>
> TIAGO 4:4, *ARC*

Tiago chama os que se tornam amigos do mundo de "adúlteros" — esta é, literalmente, a palavra empregada no original grego. As versões *Almeida Revista e Atualizada* e *Almeida Atualizada* usam, respectivamente, "infiéis" e "gente infiel", que

AMOR INCORRUPTÍVEL

significam a mesma coisa: quem quebra a aliança, o compromisso com o Senhor. É sério e imperativo que guardemos o coração, para que ele não seja seduzido pelo amor ao mundo. Do contrário, seremos contados com quem deu as costas a Deus.

> *Não amem o mundo nem as coisas que há no mundo. Se alguém amar o mundo, o amor do Pai não está nele. Porque tudo o que há no mundo — os desejos da carne, os desejos dos olhos e a soberba da vida — não procede do Pai, mas procede do mundo. Ora, o mundo passa, bem como os seus desejos; mas aquele que faz a vontade de Deus permanece para sempre* [grifos do autor].

> 1João 2:15-17

A Bíblia usa repetidas vezes expressões que indicam prostituição espiritual ao referir-se à corrupção do amor ao Senhor.

Nessa matéria, Esaú é um exemplo negativo. Ele tinha direito à herança de Abraão e Isaque, por nascimento, mas desprezou-a e ficou conhecido como alguém que se prostituiu espiritualmente. Observe:

> *E cuidem para que não haja nenhum impuro ou profano, como foi Esaú, o qual, por um prato de comida, vendeu o seu direito de primogenitura. Vocês sabem também que, posteriormente, querendo herdar a bênção, foi rejeitado, pois não achou lugar de arrependimento, embora, com lágrimas, o tivesse buscado.*

> Hebreus 12:16,17

As Escrituras o chamam de "impuro". De acordo com o *Léxico de Strong*, a palavra no original grego é *pornos*, que significa "homem que prostitui seu corpo à luxúria de outro por pagamento; prostituto; homem que se entrega à relação sexual ilícita, fornicador". A *Nova Versão Internacional* traduziu por "imoral", enquanto a *Tradução Brasileira*, "fornicário". Todas as versões

DE TODO O CORAÇÃO

destacam o sentido de imoralidade, de prostituição, o que expõe a contundência e a gravidade de ser classificado assim.

A Palavra de Deus também considera como prostituição Israel ter deixado de amar e de seguir o Senhor. Repare como Deus compara Seu povo a uma noiva, diz lembrar do amor que ela mantinha antes de corromper-se e, pouco depois, denuncia a infidelidade:

A palavra do SENHOR veio a mim, dizendo:
— Vá e proclame diante do povo de Jerusalém:
Assim diz o SENHOR: Lembro-me de você, meu povo, da sua afeição quando era jovem, DO SEU AMOR QUANDO NOIVA e de como você me seguia no deserto, numa terra que não é semeada [grifos do autor].

JEREMIAS 2:1,2

"A sua própria maldade o castigará, e as suas INFIDELIDADES o repreenderão. Saiba, pois, e veja como é mau e quão amargo é deixar o SENHOR, seu Deus, e não ter temor de mim", diz o Senhor, o SENHOR dos Exércitos.
"Porque há muito tempo quebrei o seu jugo e rompi as ataduras que o prendiam, mas você disse: 'Não quero te servir'. Pois, em todos os montes altos e debaixo de todas as árvores frondosas, VOCÊ SE DEITAVA E SE PROSTITUÍA [grifos do autor]."

JEREMIAS 2:19,20

"Infidelidade" e "se prostituía". A força das expressões não permite interpretação amena: quando permitimos que o amor se corrompa e acabamos por afastar-nos do Senhor, praticamos adultério espiritual.

A Bíblia está repleta de exemplos de pessoas que se corromperam no relacionamento com Deus: Esaú, Sansão, Saul, Uzias, Judas e muitos outros. No entanto, se olharmos apenas para estes, associaremos a corrupção do amor ao Senhor unicamente a quadros mais graves, como é o caso dos que se desviam. Se não nos desviamos, deduzimos que nosso amor a Deus não corre risco de corrupção – então sentimo-nos confortáveis! Contudo, de acordo com o ensino do Senhor Jesus, há diferentes níveis de adultério:

> — *Vocês ouviram o que foi dito: "Não cometa adultério". Eu, porém, lhes digo: todo o que olhar para uma mulher com intenção impura, já cometeu adultério com ela no seu coração.*
>
> MATEUS 5:27,28

Há um adultério "físico" e um adultério "do coração". É lógico que o adultério físico, com envolvimento sexual, apresenta consequências significativamente mais graves. O adultério do coração, entretanto, não deixa de ser pecado e, ainda, pode ser um passo para atingir o nível físico.

Alguém que esteja praticando o adultério do coração não pode gloriar-se de que está bem, ainda que sua situação não seja visível como a de quem comete um adultério físico. Semelhantemente, não nos adianta alegar que não estamos desviados! Se nosso amor ao Senhor está enfraquecendo, seja qual for o grau de intensidade, fato é que nos corrompemos. E é grave assim: estamos em adultério!

Como já explanado no Capítulo 2, a falta de amor ao Senhor é um pecado, é uma desobediência que será, invariavelmente, seguida de maldição. Portanto, precisamos arrepender-nos e buscar ao Senhor, permitindo que Ele nos restaure. Na mensagem ao profeta Jeremias, Deus revelou profundo amor por Seu povo, dispondo-Se a perdoá-lo e a recebê-lo novamente:

> *Se um homem repudiar sua mulher, e ela o deixar e tomar outro marido, porventura, aquele tornará a ela? Não se poluiria com isso de todo aquela terra? Ora, tu TE PROSTITUÍSTE COM MUITOS AMANTES; mas, ainda assim, torna para mim, diz o SENHOR* [grifos do autor].
>
> JEREMIAS 3:1, *ARA*

DE TODO O CORAÇÃO

Assim como o Senhor chamou Seu povo de volta, perdoando-lhe a prostituição espiritual, Ele também está a chamar-nos, independentemente do grau de corrupção que tenhamos permitido em nossa vida. Ele quer restaurar-nos!

Entretanto, há um alvo a ser perseguido: mais que contar com a possibilidade de restauração, devemos aprender a caminhar de tal modo que não precisemos recorrer a ela. Isso pressupõe guardar o coração, evitando a corrupção de nosso amor por Ele.

É certo que há graça divina especial para quem aprende a amar a Cristo com amor incorruptível:

> *A graça seja com todos os que AMAM A NOSSO SENHOR JESUS CRISTO COM AMOR INCORRUPTÍVEL.*
>
> EFÉSIOS 6:24, *TB*

Prevenir é o melhor remédio. Ainda assim, se o que vivemos hoje é amor corrompido, podemos enxergar diante de nós, pela misericórdia de Deus, conserto e reparação. No próximo capítulo, você descobrirá um caminho para restauração do amor ao Senhor.

Voltar ao primeiro amor

*A maior dificuldade na conversão
é ganhar o coração para Deus; e a
maior dificuldade após a conversão é
manter o coração com Deus.*
John Flavel

Há muitos anos, fui ao supermercado para fazer uma compra. Não era o que poderíamos chamar de "compra do mês"; apenas uma "comprinha", daquelas para suprir necessidades de um ou dois dias. Saí de casa com certa quantia em dinheiro e, portanto, fui somando mentalmente o preço dos produtos, para não exceder o valor que levara comigo. Depois que as mercadorias passaram pelo caixa, sobrou um pequeno troco — não lembro o valor exato, mas eram poucas moedas. Perguntei, então, se daria para comprar alguns chocolates, porque pensei em levar para minha esposa e meus filhos. Fui informado que tal quantia pagaria três unidades de um chocolatinho em forma de bastão. Aceitei e voltei para casa com os pequenos mimos.

Quando entreguei aos meus dois filhos, Israel e Lissa, eles fizeram a maior festa. Achei que também veria empolgação na reação de minha esposa, Kelly, mas, em vez disso, ela protestou:

— Que decadência!

DE TODO O CORAÇÃO

Levei um susto tanto com a frase dita quanto com o olhar de censura que veio a reboque. A "carinha de Don Juan" que fiz e o chocolatinho que ofereci não produziram resultado algum na tentativa de agradar minha esposa! Assim sendo, disparei:

— Do que é que você está falando, mulher?

Ela nem sequer titubeou para responder:

— No início, quando começamos a namorar, você me trazia chocolates finos e importados. Depois que ficamos noivos, você começou a aparecer com caixinhas de bombons sortidos. Quando nos casamos, passou a trazer um bombom médio por vez. Agora, só um chocolate pequeno e barato. Onde é que isso vai parar?

Caímos na gargalhada com o protesto da Kelly! Depois, no entanto, percebi que havia um fundo de razão. Comecei a repensar minha dedicação em agradá-la e concluí que ela estava certa. É claro que eu ainda a amava. Eu realmente não achava que houvesse perdido o amor, porém ficou evidente que o empenho em agradar minha esposa já não era o mesmo do começo.

Todo relacionamento amadurece, e nem tudo será para sempre como foi no início. Eu poderia mencionar muitas coisas que melhoraram ao longo dos anos, mas o fato é que, nesse aspecto específico — expressão de valorização e carinho —, eu havia decaído. Chocolates populares também podem ser gostosos, mas não são tão românticos!

Eu pedi perdão à minha esposa e prometi resgatar o que deixara de lado. Obviamente, voltei a presenteá-la com seus bombons preferidos.

O episódio rendeu mais reflexões. Se essa baixa na dedicação acontece em um relacionamento humano, natural, por que deduzir que não aconteceria no plano espiritual? Da mesma forma que, com a rotina, perdemos a paixão e a intensidade do amor para com certas pessoas que, de fato, amamos, também permitimos, aos poucos e inconscientemente, que nosso relacionamento com o Senhor sofra desgastes. Contudo, o Deus que nos chamou a um relacionamento de *amor total* não aceita isso. Ele protesta e pede de volta aquilo que se perdeu!

Nas visões de Apocalipse, recebidas pelo apóstolo João na ilha de Patmos, o Senhor direcionou algumas mensagens às igrejas da Ásia. Em carta endereçada à igreja de Éfeso, Jesus protestou especificamente contra a decadência do amor. Ele acusou a perda do que chamou de "primeiro amor":

> *Conheço as obras que você realiza, tanto o seu esforço como a sua perseverança. Sei que você não pode suportar os maus e que pôs à prova os que se declaram apóstolos e não são, e descobriu que são mentirosos. Você tem perseverança e suportou provas por causa do meu nome, sem esmorecer.*
>
> *Tenho, porém, contra você o seguinte:* VOCÊ ABANDONOU O SEU PRIMEIRO AMOR.
>
> *Lembre-se, pois, de onde você caiu. Arrependa-se e volte à prática das primeiras obras. Se você não se arrepender, virei até você e tirarei o seu candelabro do lugar dele* [grifos do autor].

APOCALIPSE 2:2-5

O QUE É

O que é o *primeiro amor* a que o Senhor Jesus Se refere?

É um fogo, de grande intensidade, em nosso íntimo, que coloca Jesus acima das demais coisas. E não digo isso baseado apenas em minha experiência ou na de tantos outros que compartilharam da mesma sensação. Quem aponta essa qualidade de resposta é a própria Palavra de Deus. A reação interior foi bem exemplificada em parábolas:

> — *O Reino dos Céus é semelhante a um tesouro escondido no campo, que um homem achou e escondeu. Então,* TRANSBORDANTE DE ALEGRIA, *vai, vende tudo o que tem e compra aquele campo* [grifos do autor].

— *O Reino dos Céus é também semelhante a um homem que negocia e procura boas pérolas. Quando encontrou uma pérola de grande valor, ele foi, VENDEU TUDO O QUE TINHA E COMPROU A PÉROLA* [grifos do autor].

MATEUS 13:44-46

O Senhor falava de alguém que, além de transbordar de alegria por ter encontrado o Reino de Deus, ainda estava disposto a abrir mão de tudo o que tinha para desfrutar do valioso achado. Essas duas características são evidentes na vida de quem teve um encontro real com Jesus: regozijar-se e tê-lO como maior tesouro, a ponto de abrir mão de tudo. A postura alegre e disposta é marca do primeiro momento do relacionamento com Cristo — a questão é que esse primeiro amor não deveria ser abandonado.

A alegria inicial foi mencionada em outra parábola, a do semeador. Nela, Jesus aponta que o fogo, o mesmo que no princípio ardeu intensamente, pode ser apagado.

O que foi semeado em solo rochoso, esse é o que ouve a palavra e logo A RECEBE COM ALEGRIA. Mas ele não tem raiz em si mesmo, sendo de pouca duração. Quando chega a angústia ou a perseguição por causa da palavra, logo se escandaliza [grifos do autor].

MATEUS 13:20,21

O problema por Ele mencionado é que alguns crentes permitem, diante de provações, que a alegria e a empolgação esmoreçam. Outros cristãos, em contrapartida, até mesmo encarando as mais duras provações, permanecem transbordantes de regozijo, o que me faz entender que nosso amor a Cristo deveria sobreviver às provas.

Então chamaram os apóstolos e os açoitaram. E, ordenando- -lhes que não falassem no nome de Jesus, os soltaram. E eles se retiraram do Sinédrio MUITO ALEGRES por terem sido considerados dignos de sofrer afrontas por esse Nome [grifos do autor].

ATOS 5:40,41

Quando alguém tem a revelação correta do evangelho, o Reino de Deus passa a ser prioridade absoluta. É assim que começa a jornada de cumprimento do maior mandamento: amar a Deus de todo o coração, alma, entendimento e forças – mesmo quando estas são desafiadas por açoites. O primeiro amor, seja aquele do começo, seja o que vem sendo conservado depois de muita caminhada, certamente leva-nos a viver intensamente a fé. Foi assim desde o início da era cristã:

Então os que aceitaram a palavra de Pedro foram batizados, havendo um acréscimo naquele dia de quase três mil pessoas.

E perseveravam na doutrina dos apóstolos e na comunhão, no partir do pão e nas orações. Em cada alma havia temor; e muitos prodígios e sinais eram feitos por meio dos apóstolos. Todos os que criam estavam juntos e tinham tudo em comum. Vendiam as suas propriedades e bens, distribuindo o produto entre todos, à medida que alguém tinha necessidade. Diariamente perseveravam unânimes no templo, partiam pão de casa em casa e tomavam as suas refeições com alegria e singeleza de coração, louvando a Deus e contando com a simpatia de todo o povo. Enquanto isso, o Senhor lhes acrescentava, dia a dia, os que iam sendo salvos.

ATOS 2:41-47

O livro de Atos dos Apóstolos revela uma igreja viva, cheia de paixão, fervor e desprendimento. E o propósito dos relatos, mais do que apenas registrar a história, é comunicar-nos uma mensagem. Seguramente, o Pai Celeste esperava que a dimensão de entrega dos primeiros crentes pudesse ser partilhada por todos os Seus filhos.

Da multidão dos que creram era um o coração e a alma. Ninguém considerava exclusivamente sua nem uma das coisas que possuía; tudo, porém, lhes era comum. Com grande poder, os apóstolos davam testemunho da ressurreição do Senhor Jesus, e em todos eles havia abundante graça. Não havia nenhum necessitado entre eles, porque os que possuíam terras ou casas, vendendo-as, traziam os valores correspondentes e os depositavam aos pés dos apóstolos; então se distribuía a cada um conforme a sua necessidade.

ATOS 4:32-35

Esse amor nos leva a buscar *intensamente* o Senhor. Aliás, vale ressaltar que há um padrão de busca que Deus determinou para nós. É quando Ele se torna mais importante do que qualquer outra pessoa ou coisa. Devemos chegar a um ponto tal no anseio por Ele que *nada mais importe*!

O ser humano foi criado para buscar a Deus. Esse propósito divino é claramente revelado nas Escrituras. Na pregação do apóstolo Paulo em Atenas, ele fez a seguinte afirmação:

— O Deus que fez o mundo e tudo o que nele existe, sendo ele Senhor do céu e da terra, não habita em santuários feitos por mãos humanas; nem é servido por mãos humanas, como se precisasse de alguma coisa, pois ele mesmo é quem a todos dá vida, respiração e tudo mais. DE UM SÓ HOMEM FEZ TODAS AS NAÇÕES para habitarem sobre a face da terra, havendo fixado os tempos previamente estabelecidos e os limites da sua habitação; PARA BUSCAREM DEUS se, porventura, tateando, o possam achar, ainda que não esteja longe de cada um de nós [grifos do autor].

ATOS 17:24-27

A declaração bíblica é muito específica: o homem foi criado e estabelecido na terra *para* buscar Deus – mesmo que tateando, por estar em cegueira espiritual. Também é possível notar quanto o Criador quer ser achado, o que levou Paulo a afirmar que Ele *não está longe de cada um de nós.*

É importante acrescentar que Deus não espera apenas que os homens O busquem, mas que o façam da forma correta. Por meio do profeta Jeremias, o Senhor explicou o que é necessário para encontrá-lO – não uma busca qualquer, mas uma em que dedicamos tudo de nós:

> *Vocês me buscarão e me acharão quando me buscarem de todo o coração.*
>
> JEREMIAS 29:13

Tem a ver com a *intensidade* da busca, mas também com o *desejo* que desperta tal busca – o Senhor não espera que O amemos por obrigação. Ele nos criou com livre-arbítrio, na expectativa de que nós O escolhêssemos! Nesse sentido, o primeiro amor é a combinação de *desejo* e *devoção*, ambos tidos em profundidade.

Esse amor – que parte de um desejo por Ele e é expressado em intensidade, a ponto de nada mais importar –, além de impulsionar a busca, também culmina em trabalho. Jesus relacionou amor a obras quando disse a Pedro que, se ele O amasse, pastoreasse Seu rebanho (João 21:15-17).

Já o apóstolo Paulo ressaltou que o amor de Cristo – ou o entendimento da profundidade desse amor – constrange-nos a não mais viver para nós mesmos, e sim para Ele:

> *Pois o amor de Cristo* NOS CONSTRANGE, *julgando nós isto: um morreu por todos; logo, todos morreram. E ele morreu por todos, para que os que vivem não vivam mais para si mesmos, mas para aquele que por eles morreu e ressuscitou* [grifos do autor].
>
> 2CORÍNTIOS 5:14,15, *ARA*

Foi esse constrangimento de amor que fez com que o apóstolo trabalhasse muito para o Senhor, mais que os demais apóstolos:

Mas, pela graça de Deus, sou o que sou. E a sua graça, que me foi concedida, não se tornou vã. Pelo contrário, trabalhei muito mais do que todos eles; todavia, não eu, mas a graça de Deus comigo.

1Coríntios 15:10

O primeiro amor é uma profunda resposta ao entendimento do amor de Cristo, que leva a buscar e a servir ao Senhor com intensidade e paixão – e isso deve atingir cada um de nós.

A PERDA

Uma boa forma de definir alguma coisa é começar entendendo o que ela não é – remover o conceito falso abre espaço para a absorção do correto. O próprio Cristo lançou mão desse tipo de didática em Seu ensino. Quero, portanto, apontar o que a perda do primeiro amor não é.

Alguns acham que, se o primeiro amor leva ao trabalho, então a perda do primeiro amor é acusada por uma diminuição de produtividade, ou seja, uma lógica reversa. Porém, de acordo com a mensagem de Jesus à igreja de Éfeso, a perda do primeiro amor não é, necessariamente, uma questão de relaxamento nas atividades: *Conheço as tuas obras, tanto o teu labor como a tua perseverança* (Apocalipse 2:2, *ARA*). A palavra grega traduzida por "labor" é *kopos*, que, de acordo com Strong, significa "intenso trabalho unido a aborrecimento e fadiga". Não há como presumir que os efésios tenham demonstrado queda de produtividade no serviço ao Senhor. Há muitos crentes que, mesmo tendo perdido a paixão pelo Senhor, continuam dedicando-se ao trabalho. Fazem o que fazem por hábito, por rotina, por medo, por interesse no galardão, ou por quaisquer outros motivos que, acompanhados de um primeiro amor intenso, fariam sentido, mas, sozinhos, não fazem.

Voltando a Apocalipse 2, também não vemos a igreja de Éfeso sendo acusada por enfrentar uma crise de desânimo ou por cogitar desistir. Pelo contrário, a declaração do Senhor antes de ter condenado a perda do amor foi um elogio à persistência: *Você tem perseverança e suportou provas por causa do meu nome, sem esmorecer* (Apocalipse 2:3). É possível ter suportado provas de fogo com perseverança, mas estar distante de um amor intenso pelo Senhor.

Determinado o que não é, vamos resumir em uma sentença o que é perder o primeiro amor: pecado que comete quem abandona voluntariamente a intensidade do amor ao Senhor.

Vamos analisar o texto bíblico para entender melhor:

> *Tenho, porém,* CONTRA VOCÊ *o seguinte: você abandonou o seu primeiro amor.*
>
> *Lembre-se, pois, de onde* VOCÊ CAIU. ARREPENDA-SE *e volte à prática das primeiras obras. Se você não se arrepender, virei até você e tirarei o seu candelabro do lugar dele* [grifos do autor].
>
> APOCALIPSE 2:4,5

Em primeiro lugar, a perda do primeiro amor é retratada como uma queda, como algo que Deus tem contra nós – há um claro chamado divino ao arrependimento. Deve ser classificada, portanto, como de fato é: um pecado.

Além disso, o protesto de Jesus está centrado no *abandono* do primeiro amor por parte daqueles crentes. A palavra grega *aphiemi*, traduzida por "abandonar", possui significado amplo. Strong define assim: "enviar para outro lugar; mandar ir embora ou partir; de um marido que divorcia sua esposa; enviar, deixar, expelir; deixar ir, abandonar, não interferir; negligenciar; deixar ir, deixar de lado uma dívida; desistir; não guardar mais; partir;

deixar alguém a fim de ir para outro lugar; desertar sem razão; partir deixando algo para trás; deixar destituído". Tais conceitos refletem um ato voluntário de abandono, descaso ou negligência, e não mero acidente.

Ainda se percebe que Jesus não exorta aquela igreja por não O amar, porque não se tratava de ausência completa de afeição. Havia amor; ele perdera, no entanto, intensidade. Não era mais a paixão que o Senhor esperava encontrar. Gosto da forma com que Dutch Sheets fala sobre isso em seu livro *O meu maior prazer*:

> Quando escreveu à igreja de Éfeso, Ele disse: "Contra você, porém, tenho isto: você abandonou o seu primeiro amor" (Apocalipse 2:4).
>
> A palavra grega traduzida por "primeiro" nessa passagem é protos, que significa "primeiro em tempo, lugar, ordem ou importância". Considerando que seria ilógico presumir que Cristo teria sido a primeira pessoa que cada um deles tinha amado, parece razoável concluir que Ele estava usando a palavra no sentido de importância. "Vocês abandonaram o amor que deveria ser sua prioridade número 1", foi o que obviamente Ele quis dizer.

Perder o primeiro amor é pecado: trata-se de abandono voluntário, e a grande questão é a intensidade, porque Jesus não deseja menos que amor total. Definidos tais pontos, consideremos o que conduz a tal perda.

POR QUE PERDEMOS

O amor a Cristo é como um fogo. Se colocamos lenha, fica ainda mais inflamado; contudo, se jogamos água, ele se apaga. Falhamos tanto por não o alimentar quanto por permitir que outras coisas o extingam.

Muitos fatores contribuem para que o amor pelo Senhor perca a intensidade, mas quero enfatizar quatro. Precisamos entendê-los se quisermos evitar a perda, ou se desejamos restauração para o que já foi perdido.

Convívio com o pecado

Cito como primeiro fator de esfriamento o convívio com o pecado. A base é a seguinte declaração de Jesus:

> *E, por se MULTIPLICAR A MALDADE, O AMOR SE ESFRIARÁ de quase todos* [grifos do autor].
>
> MATEUS 24:12

Ao falar de convívio com o pecado, ao invés de o pecado em si, pretendo estabelecer uma diferença importantíssima. É óbvio que quem vive no pecado já está distante de Deus, mas não é esse o foco aqui. Embora a ausência do primeiro amor seja chamada de "pecado", esse pecado não é obrigatoriamente ocasionado por outro, cometido pela mesma pessoa. Muitas vezes, a frieza é gerada pelo convívio com o pecado *dos outros*!

Creio que, em Mateus 24:12, Jesus Se refere aos pecados da sociedade em que vivemos. Com a multiplicação dos pecados ao redor de nós – e não necessariamente *em nós* –, convivemos com certas coisas que, ainda que não as pratiquemos, passamos a tolerar.

Precisamos ter o cuidado de não nos acostumar com o pecado à nossa volta. Até alguns filmes, que deveriam apenas proporcionar entretenimento, podem servir como amenizadores de valores contrários aos que pregamos. Acabamos por aceitar com naturalidade a violência, a imoralidade e muito do que é mundano.

Ainda que não cedamos a tais pecados, precisamos manter um coração que aborreça o mal (Provérbios 8:13). Do contrário, ficaremos habituados a valores errados, e isso causa esfriamento. Não pecamos, mas esfriamos!

Algumas coisas não são, necessariamente, pecado. Contudo, não significa que não sejam nocivas à vida espiritual. Na antiga aliança, a diferença entre pecado e impureza era clara. O pecado era tratado com o sangue dos sacrifícios; já as impurezas, com água. Mas alguém, por causa da impureza, mesmo sem ter pecado, poderia ser impedido de entrar no santuário para adorar a Deus. O pecado era voluntário, e a impureza, nem sempre. Se uma pessoa tivesse contato com alguém impuro, por exemplo, mesmo sem pecar, poderia ser impedido de ter contato com aquilo que era sagrado.

Muitas vezes, deixamos de reconhecer que há empecilhos à vida espiritual até mesmo em coisas lícitas. Paulo declarou aos coríntios: *"Todas as coisas me são lícitas"*, mas nem todas convêm (1Coríntios 6:12). Não se trata de evitar apenas o que é proibido, mas também aquilo que é prejudicial. E a proximidade ou exposição excessiva ao pecado, mesmo sem cometê-lo, pode trazer esfriamento espiritual.

Precisamos agir como Ló, que se afligia com as iniquidades das pessoas à sua volta. Ele pode ter errado em alguns aspectos, mas as Escrituras não retratam apenas seus erros. Aliás, elas destacam especificamente um comportamento louvável. Observe:

> *E, reduzindo a cinzas as cidades de Sodoma e Gomorra, condenou-as à ruína completa, tendo-as posto como exemplo do que viria a acontecer com os que vivessem impiamente; mas livrou o justo Ló, QUE FICAVA AFLITO COM A CONDUTA LIBERTINA daqueles insubordinados. Porque esse homem justo, pelo que via e ouvia ao morar entre eles, ATORMENTAVA A SUA ALMA JUSTA, dia após dia, POR CAUSA DAS OBRAS INÍQUAS QUE AQUELES PRATICAVAM. Assim, o Senhor sabe livrar da provação os piedosos e manter os injustos sob castigo, para o Dia do Juízo* [grifos do autor].

> 2Pedro 2:6-9

Falta de profundidade

O segundo agente de esfriamento é a falta de profundidade na vida cristã. Quantas pessoas vivem superficialmente o relacionamento com Cristo!

Na parábola do semeador, Jesus falou acerca da semente que caiu em solo pedregoso. A planta brota depressa, mas não desenvolve profundidade. A razão é que a raiz não consegue penetrar um solo com muitas pedras, mas pouca terra. O resultado é uma planta *superficial*. E o risco é que, em saindo o sol – figura do calor das provações –, ela pode morrer rapidamente:

> *Os que estão sobre a pedra são os que, ouvindo a palavra, a recebem com alegria. Estes não têm raiz, creem apenas* POR ALGUM *TEMPO e, na hora da provação, se desviam* [grifos do autor].
>
> LUCAS 8:13

O segredo para não nos afastar do Senhor nem perder a alegria inicial é desenvolver *profundidade* na vida espiritual. Precisamos de raízes profundas! Certos cristãos vivem somente de cultos semanais. Não investem tempo em relacionamento diário, não oram, não se enchem da Palavra, não procuram mortificar a carne para andar no Espírito, não se envolvem no trabalho do Pai. São rasos, contentam-se com a superfície. O que esperar, espiritualmente falando, como consequência dessa superficialidade, senão uma vida curta? Infelizmente, muitos crentes não percebem que sua fé tem prazo de validade e está com dias contados. A razão? Não cresceu para baixo. Se desenvolvermos raízes profundas em Deus, não fracassaremos na fé!

É interessante e desafiador notar que a questão da profundidade também atinge servos do diabo. Em carta à igreja de Tiatira, o Senhor Jesus elogiou os que não conheceram as profundezas de Satanás:

Mas eu vos digo a vós, e aos restantes que estão em Tiatira, a todos quantos não têm esta doutrina, e não conheceram, como dizem, AS PROFUNDEZAS DE SATANÁS, que outra carga vos não porei. Mas o que tendes retende-o até que eu venha [grifos do autor].

APOCALIPSE 2:24,25, ARC

O mesmo princípio também se aplica a quem está no reino das trevas. Se quem vive no engano das trevas chega a desenvolver profundidade, mesmo que em uma caminhada rumo à perdição, quanto mais nós, que conhecemos a verdade!

Não devemos aceitar viver de modo superficial. O motivo não deve ser apenas porque, em perspectiva, até um servidor do diabo caminha para a profundidade, mas porque o raso é um lugar de risco extremo para a nossa fé.

Falta de tratamento

Já vimos que o potencial de frutificação da Palavra de Deus pode ser abortado pela falta de raiz, de profundidade. Ainda há, entretanto, outro exemplo negativo utilizado pelo Senhor Jesus na mesma parábola, que é a semente que caiu entre espinhos:

Outra caiu no meio dos espinhos; e os espinhos, ao crescerem com ela, a sufocaram.

LUCAS 8:7

Talvez os espinhos, enquanto pequenos, não parecessem tão comprometedores. Provavelmente, por não parecerem perigosos, não foram arrancados. Porém, eles cresceram e sufocaram a semente da Palavra, abortando o propósito divino de frutificação. O Mestre explicou o significado prático da alegoria:

A parte que caiu entre espinhos, estes são os que ouviram e, no decorrer dos dias, FORAM SUFOCADOS COM AS PREOCUPAÇÕES, AS RIQUEZAS E OS PRAZERES DESTA VIDA; os seus frutos não chegam a amadurecer.

LUCAS 8:14

Aquelas áreas não tratadas em nossa vida talvez não pareçam, a princípio, tão nocivas, mas é apenas questão de tempo. Posteriormente, elas se mostrarão vilãs, sufocadoras da fé e do amor a Deus.

A queda espiritual nunca é instantânea ou imediata, mas, sim, um processo que envolve repetidas negligências da nossa parte. São essas mesmas "inocentes" negligências que podem acabar vencendo-nos depois. É por isso que devemos dar mais atenção às áreas que precisam de tratamento em nós, abrindo-nos ao trabalhar do Senhor. Exigirá de nós um coração amolecido para ser moldado pelas mãos do Oleiro, mas evitará um futuro desastroso.

DISTRAÇÕES

O quarto fator de esfriamento são as *distrações*. Diferentemente de quem trava uma luta contra o pecado, o cristão que costuma ser enredado pelas distrações é, em geral, alguém que não tem cedido ao pecado. Ele, contudo, perde o alvo ao distrair-se com coisas que talvez até sejam lícitas, mas roubam o foco. Tais dispersões concorrem com o que deveria ser prioridade.

A Bíblia revela que, quando Moisés foi ao Egito com uma mensagem de libertação, o faraó aumentou o trabalho do povo para que este esquecesse a ideia de adorar a Deus:

E Faraó disse também:

— O povo da terra já é muito e vocês ainda querem que eles descansem de suas tarefas!

DE TODO O CORAÇÃO

Naquele mesmo dia Faraó deu uma ordem aos feitores do povo e aos seus capatazes, dizendo:

— Daqui em diante não forneçam mais palha ao povo, para fazer tijolos, como antes; que eles mesmos ajuntem para si a palha. Mas exijam deles a mesma quantidade de tijolos que antes faziam. Não diminuam a cota. Eles estão desocupados e, por isso, gritam: "Vamos e sacrifiquemos ao nosso Deus". Imponham mais serviço a esses homens, PARA QUE SE MANTENHAM OCUPADOS e não deem ouvidos a palavras mentirosas [grifos do autor].

ÊXODO 5:5-9

Esse quadro, a meu ver, é uma ilustração da estratégia usada por Satanás até hoje contra os cristãos. Aliás, na tipologia bíblica, o faraó é uma figura do diabo, nosso antigo tirano e opressor, de quem Deus nos libertou (Colossenses 1:13). A ideia do faraó foi ocupar os israelitas, a ponto de esquecerem a vontade de Deus para aquele momento — e a mesma armadilha segue capturando crentes. Hoje em dia, muitas pessoas se envolvem tanto com os negócios que nem sequer têm tempo para *lembrar* de buscar Deus.

Desde a antiga aliança, o Senhor exigia um dia semanal de descanso, no qual as pessoas não somente paravam de trabalhar, como também usavam o tempo para buscar e adorar ao Senhor. Infelizmente, a muita ocupação tem sido fator de distração para cristãos sinceros, que não cederam às pressões do mundo ou do pecado, mas permitiram que o relacionamento com Deus esfriasse.

Na parábola da grande ceia, Jesus descreveu um banquete, o que não fala apenas de um lugar para comer e renovar as forças, e sim de tempo de comunhão e intimidade à mesa. Assim como, na carta à igreja de Laodiceia, Cristo usou a figura de uma ceia para retratar Seu anseio de relacionamento conosco (Apocalipse 3:20), esse era o assunto em questão na parábola:

Ao ouvir tais palavras, um dos que estavam à mesa com Jesus lhe disse:

— Bem-aventurado aquele que participar do banquete no Reino de Deus.

Jesus, porém, respondeu:

— Certo homem deu uma grande ceia e convidou muitos. À hora da ceia, enviou o seu servo para avisar aos convidados: "Venham, porque tudo já está preparado". Mas todos eles, um por um, começaram a apresentar desculpas. O primeiro disse: "Comprei um campo e preciso ir vê-lo; peço que me desculpe". Outro disse: "Comprei cinco juntas de bois e vou experimentá--las; peço que me desculpe". E outro disse: "Casei-me e, por isso, não posso ir".

LUCAS 14:15-20

Mesmo diante de um claro chamado à comunhão, Cristo advertiu que muitos perdem a *consciência* do convite divino por causa de distrações – coisas que, em si, não são erradas. Ele ilustrou coisas lícitas que podem ser consideradas até bênçãos: aquisição de propriedades, melhoria da capacidade de produção, constituição de uma família (Lucas 14:15-24). Até o casamento, uma importante e graciosa instituição divina, pode se tornar uma distração e atrapalhar a dedicação ao Senhor. A Bíblia adverte sobre isso:

O que eu realmente quero é que vocês fiquem livres de preocupações. Quem não é casado cuida das coisas do Senhor, de como agradar ao Senhor. Mas o que se casou cuida das coisas do mundo, de como agradar à esposa, e assim está dividido.

Também a mulher, tanto a viúva como a virgem, cuida das coisas do Senhor, para ser santa, assim no corpo como no espírito. Mas a mulher casada se preocupa com as coisas do mundo, de como agradar ao marido.

*Digo isto para o próprio bem de vocês, não para impor limita-
ções, mas tendo em vista o que é decente e PARA QUE VOCÊS POSSAM SE
CONSAGRAR AO SENHOR, SEM DISTRAÇÃO ALGUMA* [grifos do autor].

1Coríntios 7:32-35

Algumas coisas não são erradas em si mesmas, ou seja, são naturalmente justas e legítimas. O problema é quando concorrem com o lugar de importância que só Deus deve ocupar. Assim, o que é correto ocupa o lugar errado!

É dessa forma que o serviço prestado ao Senhor também pode ser tido como uma distração. Já vimos que os irmãos de Éfeso perderam o primeiro amor, ainda que não tivessem parado de trabalhar para Deus!

Encontramos uma clara advertência do Senhor Jesus no episódio bíblico de Marta e Maria. Enquanto Maria estava aos pés de Jesus, *Marta agitava-se de um lado para outro, ocupada em muitos serviços* (Lucas 10:40). A palavra que consta no original grego, traduzida por "agitava-se", é *perispao*, e significa: "separar, afastar, distrair". Em sentido metafórico, fala de "entrar num estado de estresse mental, estar distraído; estar superocupado, bastante atarefado, a respeito de algo". Muitas traduções optaram pela expressão "distraída em muitos serviços".

Não creio que Marta estivesse trabalhando somente para manter a casa em ordem. Penso que ela conservava boa motivação: queria ser boa anfitriã, desejava receber e servir bem ao Senhor Jesus; porém, até os bons motivos podem tornar-se distrações. Jesus corrigiu Marta:

Mas o Senhor respondeu:
— Marta! Marta! Você anda inquieta e se preocupa com muitas coisas, mas apenas uma é necessária. Maria escolheu a boa parte, e esta não lhe será tirada.

Lucas 10:41,42

Apenas uma é necessária! Nada, absolutamente nada, é mais importante. Distração alguma pode mover-nos da concentração em buscá-lO. Precisamos ter cuidado com qualquer coisa, até com as boas e lícitas, que podem ser consideradas bênçãos. A razão é clara: tais bênçãos podem distrair, tirar o foco que precisa estar no Abençoador. Ele em primeiro lugar, sempre.

Manter atenção nessas quatro áreas protege o amor pelo Senhor. Observá-las é útil para evitar perda ou depreciação do primeiro amor. Não podemos, contudo, abordar somente a prevenção, porque muitos de nós perderam o primeiro amor.

Assim sendo, o que fazer se já houve perda?

CAMINHO DE VOLTA

O caminho de volta é o caminho da restauração. Foi o próprio Senhor Jesus quem utilizou o verbo "voltar" nesse contexto:

> LEMBRE-SE, pois, de onde você caiu. Arrependa-se e VOLTE À PRÁTICA DAS PRIMEIRAS OBRAS. Se você não se arrepender, virei até você e tirarei o seu candelabro do lugar dele.
>
> APOCALIPSE 2:5

Essa porção das Escrituras revela três passos que devem ser dados a fim de retornar ao primeiro amor:

1. Lembre-se!
2. Arrependa-se!
3. Volte à prática das primeiras obras!

O primeiro imperativo é um ato de recordação, de lembrança do tempo anterior à perda. Não há melhor maneira de retomá-lo que relembrar os primeiros momentos de fé, comunhão e experiência com Deus.

O profeta Jeremias declarou:

Quero TRAZER À MEMÓRIA o que pode me dar esperança [grifos do autor].

LAMENTAÇÕES 3:21

Nem sempre nos damos conta daquilo que perdemos. Uma boa forma de dimensionar nossas perdas é contrastar o que vivemos hoje com aquilo que vivenciamos anteriormente em Deus. Isso porque algumas lembranças possuem poder de produzir em nós anseio por restauração.

Recordo-me de uma ocasião em que fui visitar meus pais. Na casa deles, entrei no quarto que, quando solteiro, compartilhava com meus irmãos. O simples fato de estar naquele ambiente trouxe à minha memória inúmeras recordações. Foi como disparar um gatilho. Revivi momentos de oração e intimidade com Deus, que desfrutara naquele cômodo. Recordei, emocionado, as horas que eu passava lá, diariamente, trancado e em oração.

Sem que ninguém me falasse nada, percebi que minha vida de oração já não era como antes. Tais lembranças impulsionaram uma retomada de minha dedicação à oração. Ainda hoje, ao pensar nas experiências de poderosa visitação de Deus vividas naquele quarto, sinto-me movido pelo Espírito.

É bom frisar que apenas a lembrança não produziu mudança alguma. Ela trouxe um misto de saudade, tristeza pelo que havia deixado para trás e arrependimento por ter negligenciado algo tão importante.

Aqui entra a *segunda* ação que Jesus exigiu dos irmãos de Éfeso: *Arrependa-se!* Não basta ter saudades de como as coisas eram; é preciso sentir dor pela perda do primeiro amor. Faz-se necessário lamentar, chorar e clamar pelo perdão de Deus. É imperativo reconhecer que é mais do que sentimento. É muito mais do que entrar no âmbito do desânimo ou da crise emocional. Como já afirmei, trata-se de um pecado: falta de

VOLTAR AO PRIMEIRO AMOR

amor, desinteresse para com Deus. E pecado exige arrependimento sincero!

À semelhança dos profetas do Antigo Testamento, Tiago definiu como devemos estar posicionados em arrependimento diante do Senhor. Deve haver choro, lamento e humilhação:

> *Cheguem perto de Deus, e ele se chegará a vocês. Limpem as mãos, pecadores! E vocês que são indecisos, purifiquem o coração. Reconheçam a sua miséria, LAMENTEM E CHOREM. Que o riso de vocês se transforme em pranto, e que a alegria de vocês SE TRANSFORME EM TRISTEZA. Humilhem-se diante do Senhor, e ele os exaltará.*

> TIAGO 4:8-10

Humilharmo-nos perante o Senhor é o caminho para a exaltação. Ou melhor, podemos chamar de "restauração", porque ela é, inevitavelmente, a consequência do arrependimento. Ao reconhecer que abandonamos o amor, é crucial separar rapidamente um tempo para orar – e chorar. Nesse ambiente, buscar a renovação da paixão por Ele.

Entendo que recordar e chorar não são toda a cura, porém são importantes passos em direção a ela. É um estágio de preparação, por assim dizer. Por isso o conselho proposto pelo Senhor continua em um *terceiro* ponto: *Volte à prática das primeiras obras!* É indispensável ir além. O que se requer do que recordou e arrependeu-se é o retorno às práticas um dia abandonadas.

As primeiras obras a que Cristo Se refere não são o primeiro amor em si, mas estão atreladas a ele, ou seja, são uma forma de expressá-lo e alimentá-lo. Elas têm a ver com a forma com que nós O buscávamos e como nós O servíamos. Ressalto que Jesus não protestou porque os efésios não O amavam mais, e sim porque já não O amavam como anteriormente. Precisamos, mais do que o reconhecimento da perda, de um retorno ao que era antes. Precisamos voltar a agir como no início da caminhada com Cristo!

Lembre-se de que Ele não aponta um erro para destruir-nos, mas para impulsionar-nos a um lugar melhor. A tristeza do arrependimento existe e é produtiva – ela deve tomar nosso interior. O processo, porém, não acaba aí. É vital levantar o rosto do chão, sacudir a poeira e prosseguir. Para que isso seja possível, contamos com a maravilhosa graça de Jesus, disponível a quem quiser trilhar esse caminho de amor.

Primeiro, o resgate do primeiro amor. Depois, a permanência nele. Que aceitemos o desafio e sigamos cada passo necessário para entregar-Lhe nada menos que amor total.

Amor e obediência

*A maior prova de nosso amor a Cristo
é a obediência às leis de Cristo [...].
O amor é a raiz; a obediência é o fruto.*

Matthew Henry

Quando criança, eu ouvia de meu pai uma afirmação intrigante. Cada vez que se aproximava alguma data festiva, como aniversário ou Dia dos Pais, eu o sondava a respeito do que gostaria de ganhar. A resposta era quase sempre a mesma: "O melhor presente que vocês podem dar ao papai é a obediência! Se vocês forem obedientes, não precisam dar-me mais nada!"

Como eu detestava ouvir isso! Primeiramente, porque não entendia o valor da obediência aos olhos de um pai. Em segundo lugar, porque eu achava que meu pai, ao responder assim, não dava importância aos nossos presentes.

Anos depois, no entanto, já na condição de pai, mordi a língua – passei a dizer o mesmo aos meus filhos. A melhor forma de eles expressarem amor e respeito para comigo não envolvia comprar presentes. Na prática, eu reconheci que a maior honra que poderia receber deles era a obediência. Eu a desejava mais que qualquer homenagem.

A Bíblia aplica esse mesmo princípio ao retratar o amor do homem ao Senhor:

— AMEM O SENHOR, o *Deus de vocês, e sempre* GUARDEM OS SEUS PRECEITOS, *os seus estatutos, os seus juízos e os seus mandamentos* [grifos do autor].

DEUTERONÔMIO 11:1

O amor não é expresso somente com palavras. Já vimos que Jesus relacionou amor a obras especificamente na conversa com Simão Pedro – se o apóstolo O amasse, deveria pastorear Seu rebanho.

João também falou sobre não amar somente de língua, com meras palavras, mas com ações (1João 3:17,18). Assim sendo, uma das formas de expressar amor ao Senhor é entregando-Lhe obediência. Observe as palavras do próprio Cristo:

Aquele que TEM OS MEUS MANDAMENTOS E OS GUARDA, ESSE É O QUE ME AMA; *e aquele que me ama será amado por meu Pai, e eu também o amarei e me manifestarei a ele* [grifos do autor].

JOÃO 14:21

Obedecer é exteriorizar amor por Jesus Cristo – e é esse tipo de expressão que Ele deseja receber de Seus filhos. Tomás de Kempis, em *Imitação de Cristo*, trata o assunto com a devida seriedade:

Muitos vivem em obediência, mais por necessidade que por amor; esses são infelizes, e sofrem com facilidade. Não alcançam a liberdade de espírito, a menos que, de boa vontade e de coração, acolham a obediência por amor a Deus.

Fundador da Casa Internacional de Oração na cidade de Kansas (IHOP-KC), nos Estados Unidos, Mike Bickle esclarece ainda mais a ideia em seu livro *Paixão por Jesus*: "A obediência fundamentada no afeto é a maneira mais efetiva de viver em santidade ou paixão por Jesus".

Creio que, se você chegou até aqui, a máxima de amar ao Senhor nunca mais será vista como um conceito superficial. Caminhamos juntos todas essas horas para concluir que o amor que Jesus espera de nós é muito mais que sentimento, muito mais que juras de amor, muito mais que canções apaixonadas – em essência, nosso amor deve ser intenso, sacrificial, não apegado ao mundo e a pessoas, em completa entrega ao Amado, isto é, devemos a Ele *amor total*. E o próprio Cristo resumiu como identificar alguém que conserva esse tipo de amor: a manifestação mais honesta é a obediência. Quem obedece, ama.

Assim como não se deve oferecer amor parcial, a obediência também não pode vir pela metade. Em outras palavras, *amor total* precisa ser acompanhado de *obediência total*.

OBEDIÊNCIA TOTAL

Certos comportamentos de hoje são tão impressionantes quanto trágicos. Creio que nunca tivemos tanto conhecimento, tanto acesso a informações e tanta revelação das Escrituras. Entretanto, como disse certo pregador, "nós nos temos tornado uma geração de crentes *cabeções*". A cabeça, cheia de teoria, desenvolveu-se, porém o corpo, limitado a tão pouca prática da Palavra, atrofiou-se!

Não prego contra o ensino oferecido à nossa geração – é um privilégio receber o que temos recebido. Inclusive, eu aguardo ansiosamente o dia em que se cumprirá a palavra divina segundo a qual, assim como as águas cobrem o mar, também toda a terra se encherá do conhecimento da glória de Deus. Quanto mais intensamente a Palavra for pregada e ensinada, melhor! O erro não está em receber os ensinos, mas em não

DE TODO O CORAÇÃO

responder a eles, não fazer o que deveria ser feito em resposta ao que se tem recebido.

> — *Por que vocês me chamam "Senhor, Senhor!"*, E NÃO FAZEM O QUE EU MANDO? [grifos do autor]

LUCAS 6:46

Observe que a confissão de Jesus Cristo como Senhor de nossa vida é a essência do recebimento da salvação pela fé (Romanos 10:9,10). Não O chamamos "Senhor", todavia, como mero título ou protocolo. É o reconhecimento do senhorio de Cristo, o ato de rendição ao Seu governo, que nos introduz ao Reino de Deus.

A palavra "senhor" significa "amo", "dono". Para nós, hoje, que não vivenciamos a realidade da escravatura nos moldes do passado, a compreensão pode ser diferente, mas os discípulos de Jesus e as demais pessoas daquela época conheciam muito bem o termo. Todos sabiam que reconhecer Jesus como "Senhor" carregava implícita a decisão de obedecer-Lhe plenamente, como quem obedece a seu dono.

Não me refiro apenas à primeira geração de cristãos, porque tal entendimento também foi comum nos primeiros séculos do cristianismo. Um dos mais antigos e conhecidos sermões da era cristã foi escrito antes da metade do século 2 por autor anônimo, mas incorretamente atribuído a Clemente, bispo de Roma, considerado um dos pais da Igreja. Leia um trecho da mensagem que ganhou o título de *Segunda carta de Clemente*:

> Ele mesmo diz: *Quem, pois, me confessar diante dos homens, eu também o confessarei diante do meu Pai* (Mateus 10:32). Essa, portanto, é a nossa recompensa oferecida a Deus: reconhecermos aquele por meio do qual estamos salvos. Mas como o reconhecemos? Fazendo o que ele manda e não desobedecendo a

AMOR E OBEDIÊNCIA

seus mandamentos; honrando-o não apenas com os lábios, mas de todo o coração e mente. E ele em Isaías também diz: "Esse povo se aproxima de mim com a boca e me honra com os lábios, mas o seu coração está longe de mim" (Isaías 29:13).

Não vamos simplesmente chamá-lo de Senhor, pois isso não nos salvará. Pois ele diz: *Nem todo aquele que diz 'Senhor, Senhor' entrará no Reino dos céus, mas apenas aquele que faz a vontade de meu Pai que está nos céus* (Mateus 7:21). Assim, irmãos, vamos reconhecê-lo com nossas ações...

É evidente, portanto, que os primeiros cristãos já relacionavam obediência ao reconhecimento do senhorio de Jesus desde o início da história da fé cristã. A partir da Reforma Protestante, ensinadores bíblicos seguiram dando ênfase a esse fundamento. É o caso de João Calvino, que escreveu sobre o assunto em seu comentário *O livro dos Salmos* e, também, no clássico *As Institutas*. Leia os respectivos trechos:

> Deus só é corretamente servido quando sua lei é obedecida. Não se deixa a cada um a liberdade de codificar um sistema de religião ao sabor de sua própria inclinação, senão que o padrão de piedade deve ser tomado da Palavra de Deus.
>
> *O livro dos Salmos*

> Portanto, em nosso curso de ação, deve-se-nos ter em mira esta vontade de Deus que Ele declara em Sua Palavra. Deus requer de nós unicamente isto: o que Ele preceitua. Se intentamos algo contra o Seu preceito, obediência não é; pelo contrário, contumácia e transgressão.
>
> *As Institutas*

Andrew Murray, em *O Espírito de Cristo*, mostrou preocupação com o que se tem entendido a respeito de obediência:

"Eu suspeito que a Igreja não tem dado a esta palavra 'obediência' a importância que Cristo deu". Não tenho como chegar à conclusão diferente, tendo em vista quão escassa a palavra "obediência" está em nossas pregações e ensino. Murray também afirmou:

> Somente aceitando e fazendo a Sua vontade, desistindo da nossa a fim de que seja controlada e usada como Lhe agrada, somos equipados para entrar em Sua divina presença.

CHAMADOS À OBEDIÊNCIA

Desde a primeira vez que foi proclamada, a fé em Cristo carrega o sentido de obediência. Talvez por isso nota-se certa indignação na fala do Senhor Jesus: *Por que vocês me chamam "Senhor, Senhor!", e não fazem o que eu mando?* (Lucas 6:46). Se O reconhecemos como "Senhor", então *devemos* obediência a Ele, e ponto final. Foi precisamente para isso que fomos chamados:

> *Portanto, vão e façam discípulos de todas as nações, batizando-os em nome do Pai, do Filho e do Espírito Santo, ENSINANDO-OS A GUARDAR TODAS AS COISAS QUE TENHO ORDENADO A VOCÊS. E eis que estou com vocês todos os dias até o fim dos tempos* [grifos do autor].
>
> MATEUS 28:19,20

Jesus ordenou que a Igreja guardasse Seus ensinos e reproduzisse a visão de obediência às próximas gerações de discípulos. Ele esperava que cada um, incluindo os gentios que seriam alcançados em todas as nações, entendesse a *responsabilidade* de guardar e obedecer ao que Ele ensinou.

O que caracteriza um discípulo de Cristo é exatamente a obediência ao ensino do Mestre. O ministério de ensino é importantíssimo e foi ordenado pelo próprio Jesus, mas qual é o seu propósito? Ele deve levar as pessoas à *prática* das ordenanças!

AMOR E OBEDIÊNCIA

Em dois textos, o apóstolo Paulo se referiu à fé como ato de obediência. Observe:

Por meio dele viemos a receber graça e apostolado por amor do seu nome, para a OBEDIÊNCIA DA FÉ, entre todos os gentios [grifos do autor].

ROMANOS 1:5

Ora, ao Deus que é poderoso para confirmar vocês segundo o meu evangelho e a pregação de Jesus Cristo, conforme a revelação do mistério guardado em silêncio desde os tempos eternos, e que, agora, tornou-se manifesto e foi dado a conhecer por meio das Escrituras proféticas, segundo o mandamento do Deus eterno, para a OBEDIÊNCIA DA FÉ, entre todas as nações, a este Deus único e sábio seja dada glória, por meio de Jesus Cristo, para sempre. Amém! [grifos do autor]

ROMANOS 16:25-27

Fomos chamados à obediência pela fé – deveríamos entender isso como razão de existir, alvo a perseguir, meta de vida. Dietrich Bonhoeffer, influente pastor luterano da Alemanha, declarou: "Só o que crê é obediente, e só é obediente o que crê". Essa junção de obediência e fé deveria ser a distinta marca na vida de todo cristão.

Escrevendo aos efésios, Paulo menciona a condição anterior à conversão e, para descrevê-la, usa a expressão "filhos da desobediência":

Ele lhes deu vida, quando vocês estavam mortos em suas transgressões e pecados, nos quais vocês andaram noutro tempo, segundo o curso deste mundo, segundo o príncipe da potestade do ar, do espírito que agora atua nos FILHOS DA DESOBEDIÊNCIA. Entre eles também nós todos andamos no passado, segundo as inclinações da nossa

DE TODO O CORAÇÃO

carne, fazendo a vontade da carne e dos pensamentos; e ÉRAMOS POR NATUREZA filhos da ira, como também os demais [grifos do autor].

EFÉSIOS 2:1-3

Esse era nosso estado antes de nascer de novo. Mais uma vez, constatamos que se trata de um problema de natureza. Estávamos escravizados pela vontade da carne e andávamos segundo o curso deste mundo. Concedendo tom ainda mais grave, a Bíblia crava que andávamos *segundo o príncipe da potestade do ar, do espírito que agora atua nos filhos da desobediência*. Em outras palavras, éramos diretamente influenciados, em nossa desobediência, por um espírito maligno.

Encarar isso deveria, no mínimo, fazer com que refletíssemos.

Podemos inferir, então, que a correta terminologia para descrever crentes em Cristo seria "filhos da obediência"? Sim! Na verdade, o apóstolo Pedro a aplicou:

Como filhos da obediência, não vos amoldeis às paixões que tínheis anteriormente na vossa ignorância.

1PEDRO 1:14, *ARA*

Eu, então, lanço uma pergunta: "Será que a maioria dos cristãos de hoje reflete espírito de submissão e obediência a Deus e à Sua Palavra?" Infelizmente, devemos admitir que não. Nunca vimos a fé evangélica propagando-se como atualmente, especialmente no Brasil. Milhares de brasileiros se convertem todos os dias, graças a Deus; entretanto, este é um momento muito sensível, porque trata da *formação* de uma nova geração de discípulos. Os líderes devem ser muito enfáticos em chamar as pessoas de volta a um compromisso de obediência total ao Senhor, senão o futuro pode ser uma igreja sem amor.

O problema não é apenas a desobediência, mas também a religiosidade que nos cega e leva a fingir obediência. É triste

AMOR E OBEDIÊNCIA

constatar a existência de rebeldia – é assim que a desobediência deve ser chamada –, mas a capacidade de fingir obediência é ainda mais alarmante.

OBEDIÊNCIA APARENTE É DESOBEDIÊNCIA

À semelhança dos fariseus dos dias de Jesus, nós, discípulos da atualidade, igualmente pecamos pela religiosidade. Aprendemos a falar e portar-nos com ares de bons cristãos; assim, muitas vezes, mascaramos a desobediência. O Senhor Jesus contou uma parábola que denuncia com exatidão esse comportamento:

> *— O que vocês acham? Um homem tinha dois filhos. Chegando-se ao primeiro, disse: "Filho, vá hoje trabalhar na vinha". Ele respondeu: "Não quero ir". Mas depois, arrependido, foi. Dirigindo-se ao outro filho, o pai disse a mesma coisa. Ele respondeu: "Sim, senhor". Mas não foi. Qual dos dois fez a vontade do pai?*
>
> *Eles responderam:*
>
> *— O primeiro.*
>
> *Então Jesus disse:*
>
> *— Em verdade lhes digo que os publicanos e as prostitutas estão entrando no Reino de Deus primeiro que vocês. Porque João veio até vocês no caminho da justiça, e vocês não acreditaram nele; no entanto, os publicanos e as prostitutas acreditaram. Vocês, porém, mesmo vendo isso, não se arrependeram depois para acreditar nele.*
>
> MATEUS 21:28-32

Com relação aos dois filhos, quem demonstrou ser obediente? A princípio e aparentemente, foi o segundo, que respondeu afirmativamente ao chamado do pai. Na prática, porém, quem obedeceu foi o primeiro. Ainda que, inicialmente, tenha se rebelado e dito que não responderia à solicitação, arrependeu-se e obedeceu.

Jesus compara os filhos a dois grupos de pessoas: os *fariseus*, que compunham o grupo religioso mais severo dentro do judaísmo, e os *pecadores*, bem representados por coletores de impostos e prostitutas, que recebiam os piores rótulos sociais e espirituais. Cristo, então, conclui Seu ensino dizendo que o último grupo entraria no Reino de Deus antes do primeiro. Pecadores precederiam os "beatos e carolas" daquela época.

Não adianta passar horas a fio sentado na igreja, ouvindo a Palavra de Deus, dizendo "sim" a tudo o que o Pai Celestial ordena, se, depois, não houver obediência. Repare que a *aparência* de obediência não se encontra entre os pecadores deliberados, os que inicialmente dizem "não", e sim entre os "religiosos", os que discursam em nome da obediência – embora não honrem a sua resposta.

A igreja contemporânea comporta-se como o primeiro filho. Preocupa-se com aparência e reputação, o que baseia seu imediato "sim" às ordens do Pai, contudo nem sempre cumpre o que prometeu fazer. Não adianta ter aparência de religiosidade e não praticar a Palavra, porque servimos a um Deus que identifica perfeitamente os não praticantes.

> *Sejam* PRATICANTES DA PALAVRA E NÃO SOMENTE OUVINTES, *enganando a vocês mesmos. Porque, se alguém é ouvinte da palavra e não praticante, assemelha-se àquele que contempla o seu rosto natural num espelho; pois contempla a si mesmo, se retira e logo esquece como era a sua aparência. Mas aquele que atenta bem para a lei perfeita, lei da liberdade, e nela persevera, não sendo ouvinte que logo se esquece, mas operoso praticante, esse será bem-aventurado no que realizar* [grifos do autor].

Tiago 1:22-25

AMOR E OBEDIÊNCIA

Note que a Bíblia diz que a pessoa que não pratica a Palavra engana a si mesma. Ela não está enganando outras pessoas, tampouco a Deus, mas apenas a si mesma. Muitos acreditam que, com *aparência* de santidade, frequentando cultos ou estudando a Palavra sozinhos, alcançarão um lugar de aprovação em Deus, mas isso não é verdade. A única coisa que legitima a entrada no Reino de Deus é o reconhecimento do senhorio de Jesus, o qual, por sua vez, evidencia-se por obediência e sujeição total a Cristo.

Ouvir a Palavra de Deus autentica apenas religiosidade, enquanto praticá-la respalda o cristão — ele está agindo conforme a vontade de Deus. Tiago salienta o resultado: entre "ouvinte negligente" e "operoso praticante", o abençoado é aquele que ouviu, aprendeu e perseverou em obedecer.

Podemos separar dois tipos de ouvintes negligentes. Alguns nem sequer se posicionam para obedecer; lamentavelmente, acham que usar uma "capa de cristianismo" é o suficiente. Há, porém, outro grupo: o daqueles que vão além da aparência e até manifestam obediência, porém incompleta. Por obedecerem em certas áreas, agem como se estivessem isentos da responsabilidade de obedecer em outras. Assim sendo, justificam-se, relativizando a obediência. Os fariseus foram denunciados por Jesus por apresentarem esse comportamento:

> *Os fariseus e os escribas perguntaram a Jesus:*
> *— Por que os seus discípulos não vivem conforme a tradição dos anciãos, mas comem com as mãos impuras?*
> *Jesus respondeu:*
> *— Bem profetizou Isaías a respeito de vocês, hipócritas, como está escrito:*
> *"Este povo me honra com os lábios, mas o seu coração está longe de mim. E em vão me adoram, ensinando doutrinas que são preceitos humanos".*

DE TODO O CORAÇÃO

— *Rejeitando o mandamento de Deus, vocês guardam a tradição humana.*

E disse-lhes ainda:

— *Vocês sempre encontram uma maneira de rejeitar o mandamento de Deus para guardarem a própria tradição. Pois Moisés disse: "Honre o seu pai e a sua mãe". E: "Quem maldisser o seu pai ou a sua mãe seja punido de morte". Vocês, porém, dizem que, se alguém disser ao seu pai ou à sua mãe: "A ajuda que você poderia receber de mim é Corbã, isto é, oferta ao Senhor", então vocês o dispensam de fazer qualquer coisa em favor do seu pai ou da sua mãe, invalidando a palavra de Deus por meio da tradição que vocês mesmos passam de pai para filho. E fazem muitas outras coisas semelhantes.*

MARCOS 7:5-13

Observe a afirmação que o Senhor Jesus fez aos fariseus: *Vocês sempre encontram uma maneira de rejeitar o mandamento de Deus para guardarem a própria tradição.* Esse mesmo versículo, na *Almeida Revista e Atualizada*, foi traduzido assim: *Jeitosamente rejeitais o preceito de Deus para guardardes a vossa própria tradição* (Marcos 7:9). A palavra grega que consta nos originais e foi traduzida por "jeitosamente" é *kalos*. O significado no *Léxico de Strong* é: "belamente, finamente, de forma a não deixar espaço para reclamação, de forma honrosa ou recomendável". Ou seja, Jesus afirmou que aqueles religiosos acharam uma forma *bela* para rejeitar o mandamento de Deus. Isso aponta para uma desobediência velada, com aparência de obediência.

Muitas vezes, replicamos esse comportamento, fazendo exatamente o mesmo que os fariseus. Pregamos contra o roubo, mas sonegamos impostos, dando mil explicações para convencer a nós mesmos e aos outros que temos bom motivo para agir dessa forma. Pregamos contra o adultério e a imoralidade, mas conseguimos divertir-nos com filmes que exaltam essas práticas. Conservamos, contudo, uma boa "explicação", um *kalos*, uma forma jeitosa de mascarar a desobediência. Somos sepulcros caiados, caixões belos que abrigam morte.

OBEDIÊNCIA PARCIAL É DESOBEDIÊNCIA

A relativização da obediência e o cumprimento parcial dos mandamentos de Deus também são uma forma velada de desobedecer. Tanto a aparência de obediência quanto a obediência parcial significam desobediência. Algumas pessoas vivem a aparência; outras, porém, a parcialidade. Outras, ainda, conseguem tropeçar em ambas!

O rei Saul é um exemplo de quem soma aparência com parcialidade e, assim, vive consequências desastrosas. Ele já havia falhado antes (1Samuel 13:8-14), mas não aprendeu a lição e manteve a mesma postura errada de querer agradar mais ao povo que a Deus. Ele se preocupou demasiadamente com o que os outros pensavam a seu respeito e acabou esquecendo-se de como estava sendo visto por Deus.

Certa ocasião, Saul recebeu uma ordem direta do Senhor:

Samuel disse a Saul:

— Foi a mim que o Senhor enviou para ungir você como rei sobre Israel, o povo dele. Agora ouça as palavras do Senhor. Assim diz o Senhor dos Exércitos: "Castigarei Amaleque pelo que fez a Israel, colocando-se no caminho de Israel, quando este saía do Egito. Portanto, vá e ataque os amalequitas, destruindo totalmente aquilo que eles tiverem. Não poupe ninguém. Mate homens e mulheres, meninos e crianças de peito, bois e ovelhas, camelos e jumentos" [grifos do autor].

1Samuel 15:1-3

A orientação era muito específica e fácil de compreender. Uma vez mais, Saul não obedeceu:

Então Saul derrotou os amalequitas, desde Havilá até chegar a Sur, que está diante do Egito. Tomou vivo Agague, rei dos amalequitas, porém destruiu todo o povo a fio de espada. Mas Saul e o povo pouparam Agague, o melhor das ovelhas e dos bois, os animais gordos, os cordeiros e tudo o mais que era bom. A isso não quiseram destruir totalmente; porém toda coisa sem valor e desprezível destruíram.

1SAMUEL 15:7-9

Essa foi uma desobediência direta ao mandamento do Senhor – foi assim que Deus enxergou o ocorrido. Veja qual foi a sentença divina:

Então a palavra do SENHOR veio a Samuel, dizendo:
— Lamento haver constituído Saul como rei, porque deixou de me seguir e não executou as minhas palavras.

1SAMUEL 15:10,11

Saul poderia dar a explicação que quisesse, mas não mudaria o fato de que Deus enxergou desobediência. Alguns creem que basta obedecer à *boa parte* dos mandamentos do Senhor para agradá-lO, porém Deus não espera obediência parcial, e sim total.

Imagine os noivos, no momento da cerimônia nupcial, fazendo um juramento de fidelidade para a *maior parte do tempo*. Certamente nenhum deles ficaria feliz com isso! Deus também não quer que sejamos obedientes a uma parte de seus mandamentos, ainda que se trate da maioria, mas espera que obedeçamos a todos eles. Ele não espera que sejamos fiéis na maior parte do tempo, mas que o sejamos em todo o tempo.

Em um ciclo de engano a nós mesmos, recorremos a certa "psicologia de compensação". Deduzimos que, por ser obedientes em muitas coisas que o Senhor nos pede, ganhamos o direito de falhar em algumas outras "coisinhas". Entretanto, a desobediência praticada em uma área anula a obediência que sustentamos em qualquer outra. É isso mesmo! Ou alguém é totalmente obediente, ou é desobediente, pois não há obediência parcial que seja aceita pelo Senhor.

> *Pois QUEM GUARDA TODA A LEI, MAS TROPEÇA EM UM SÓ PONTO, SE TORNA CULPADO DE TODOS. Porque, aquele que disse: "Não cometa adultério", também ordenou: "Não mate". Ora, se você não comete adultério, porém mata, acaba sendo transgressor da lei* [grifos do autor].
>
> TIAGO 2:10,11

Observe que quem guardasse a maioria dos mandamentos, mas tropeçasse em um, estaria quebrando toda a Lei, até mesmo aqueles mandamentos aos quais já demonstrara obediência.

Um princípio específico pode escancarar diante de nós essa verdade: perdão. Não temos o direito de escolher *não perdoar alguém*, mesmo que tenhamos obedecido à maioria dos outros mandamentos da Bíblia. Não temos o direito de negar perdão a uma única pessoa por considerar que já perdoamos muitas ofensas ao longo da vida. E Deus não alivia: quem não perdoa não é perdoado – por Ele (Mateus 6:14,15).

Da mesma forma, não temos o direito de não dizimar porque já ofertamos. O mesmo Deus que ordenou que fizéssemos uma coisa também ordenou que fizéssemos a outra!

Oswald Chambers, em *Conforme a sua imagem*, comenta:

> Estejamos atentos à tentação de não nos sujeitarmos totalmente a Deus. Sempre que temos alguma hesitação nesse sentido,

achamo-nos sob a influência das mais baixas características da nossa personalidade. Existe em nós algum capricho egoísta que não quer submeter-se a ele. Contudo, assim que cortamos as cordas que nos prendem e nos lançamos em alto-mar, experimentamos algo mais grandioso do que simplesmente o conhecimento de que Deus habita em nós. Vemos o milagre da redenção operando em nossa vida, e, com paciência, precisamos fazer com que ela permeie todo o nosso ser.

Percebo que, às vezes, a reação de alguns ao conceito de obediência total é emocional. "Não consigo devotar tão completa obediência" – alegam. Porém, o que não pode ser ignorado é que a teologia correta é a bíblica, e não a da experiência. O padrão divino não pode ser rebaixado porque alguém declara não conseguir cumpri-lo. Até porque Deus não é injusto para exigir de nós algo que não possamos cumprir. Concordo com John e Lisa Bevere que, em *A história do casamento*, afirmam: "Jesus nunca nos pedirá para fazer alguma coisa que Ele não nos capacite para realizar". Em vez de relativizar o princípio da obediência completa, a questão é entender que a pessoa que não tem conseguido segui-lo é que precisa de ajustes em suas crenças e práticas.

É hora de reconsiderar sua vida e reconhecer o que precisa de conserto. Em oração, peça ajuda ao Senhor para sondar seu próprio coração e desmascarar qualquer tipo de engano – seja aparência de obediência, seja obediência parcial. Medite em tudo que você leu até aqui, textos e princípios, e decida por uma nova postura de obediência *total*. Assim, sem palavras, você estará declarando ao Senhor que O ama.

ORGULHO DA OBEDIÊNCIA

Por que praticamos obediência aparente e parcial?

Por que não enxergamos o que fazemos de errado?

AMOR E OBEDIÊNCIA

Creio que muitas vezes conservamos tanto orgulho de nossa obediência em certas áreas que nos permitimos ficar cegos em várias outras questões. Observe o que ocorreu com o apóstolo Pedro:

> *No dia seguinte, enquanto eles viajavam e já estavam perto da cidade de Jope, Pedro subiu ao terraço, por volta do meio-dia, a fim de orar. Estando com fome, quis comer; mas, enquanto lhe preparavam a comida, sobreveio-lhe um êxtase. Viu o céu aberto e um objeto como se fosse um grande lençol, que descia do céu e era baixado à terra pelas quatro pontas, contendo todo tipo de quadrúpedes, répteis da terra e aves do céu. E ouviu-se uma voz que se dirigia a ele:*
> *— Levante-se, Pedro! Mate e coma.*
> *Mas Pedro respondeu:*
> *— De modo nenhum, Senhor! Porque nunca comi nada que fosse impuro ou imundo.*
> *Pela segunda vez, a voz lhe falou:*
> *— Não considere impuro aquilo que Deus purificou.*
> *Isso aconteceu três vezes, e, em seguida, aquele objeto foi levado de volta para o céu.*
>
> ATOS 10:9-16

Deus deu uma visão ao apóstolo e mandou que ele matasse e comesse alguns animais. Pedro reconheceu que era o próprio Deus falando, mas, ousadamente, respondeu: *De modo nenhum, Senhor.* A razão pela qual não obedeceu à ordem divina foi justamente seu histórico de obediência ao mandamento da Lei que proibia contato com aqueles animais. Até aí não é difícil entender Pedro. Não sabemos se ele chegou a imaginar que estivesse sendo testado, entretanto Deus disse claramente para não considerar imundo o que o Senhor havia purificado. Mesmo depois desse esclarecimento do próprio Deus, Pedro ainda negou-se a obedecer por mais duas vezes.

O orgulho da obediência – ou de uma suposta obediência, que achamos ter, mas não temos – pode levar-nos a agir cegamente e tropeçar em outros princípios. Veja esta ilustração bíblica:

> *Jesus também contou esta parábola para alguns que confiavam em si mesmos, por se considerarem justos, e desprezavam os outros:*
>
> *— Dois homens foram ao templo para orar: um era fariseu e o outro era publicano. O fariseu ficou em pé e orava de si para si mesmo, desta forma: "Ó Deus, graças te dou porque não sou como os demais homens, roubadores, injustos e adúlteros, nem ainda como este publicano. Jejuo duas vezes por semana e dou o dízimo de tudo o que ganho". O publicano, estando em pé, longe, nem mesmo ousava levantar os olhos para o céu, mas batia no peito, dizendo: "Ó Deus, tem pena de mim, que sou pecador!" Digo a vocês que este desceu justificado para a sua casa, e não aquele. Porque todo o que se exalta será humilhado; mas o que se humilha será exaltado.*
>
> Lucas 18:9-14

A religiosidade é terrível! Eu ouso defini-la como orgulho da obediência. Mais que nos cegar, tal orgulho também desencadeia outros tropeços. Aquele fariseu errava ao confiar em si mesmo, errava ao desprezar os outros – mas não enxergava nada disso. Triste!

Creio que Deus almeja restaurar nosso entendimento e nossa prática de obediência *total* a Ele; porém, isso deve acontecer sem que nos tornemos propensos ao orgulho. É por isso que precisamos entender que obedecer ao Senhor não significa fazer favor algum a Ele. Na realidade, estamos apenas cumprindo nossa obrigação e respeitando os termos do compromisso que assumimos como discípulos – e escravos – dEle.

Quero concluir com uma sentença forte, mas que considero libertadora: obedecer é fazer apenas o que deve ser feito. Não somos melhores por obedecer.

AMOR E OBEDIÊNCIA

— Qual de vocês, tendo um servo ocupado na lavoura ou em guardar o gado, lhe dirá quando ele voltar do campo: "Venha agora mesmo e sente-se à mesa"? Não é verdade que, ao contrário, lhe dirá: "Prepare o meu jantar. Apronte-se e sirva-me enquanto eu como e bebo. Depois, você pode comer e beber"? Será que ele terá de agradecer ao servo por ter feito o que lhe havia ordenado? Assim também vocês, depois de terem feito tudo o que lhes foi ordenado, digam: "Somos servos inúteis, porque fizemos apenas o que devíamos fazer".

LUCAS 17:7-10

Francis Schaeffer afirmou que "o amor da criatura para com o Criador requer necessariamente obediência; caso contrário, não tem qualquer sentido". Que o Senhor nos ajude a entender a profundidade desse princípio! Além disso, que sejamos convencidos e movidos a viver em obediência total, pois essa é uma característica daqueles que amam a Deus:

Porque nisto consiste o amor a Deus: em obedecer aos seus mandamentos. E OS SEUS MANDAMENTOS NÃO SÃO PESADOS [grifos do autor].

1JOÃO 5:3, *NVI*

Fomos chamados a amar ao Senhor de todo o coração, e esse amor se expressa pela obediência. Logo, conclui-se que também devemos *obedecer de todo o coração!* Amor total significa obediência total. Simples assim.

Amor Transbordante

*O amor ao próximo implica,
naturalmente, a existência do amor
a Deus, e o amor a Deus implica,
naturalmente, o amor ao próximo.*

CHARLES FINNEY

Muitos anos atrás, durante um seminário que eu ministrava em certa igreja, um irmão me pediu a chave do meu carro. Ele disse que gostaria de guardar no porta-malas algo que havia trazido para abençoar-me. Logo depois da ministração, ao voltar à casa em que estava hospedado, descobri que eu mesmo não havia ganhado nada, mas, sim, meus filhos. A grande sacola que encontrei no carro continha dois presentes, marcados com o nome de meus filhos: Israel e Lissa. Eram brinquedos especiais e, obviamente, eles ficaram muito felizes em ganhá-los. Penso, porém, que eu fiquei tão feliz quanto eles — talvez até mais!

A maneira com que alguém trata meus filhos também revela o que a pessoa sente por mim. Ao abençoar minha família — que é o que Deus me deu de mais precioso —, aquele irmão demonstrou seu respeito por mim. Quando mostrou consideração ao que eu mais amo, eu percebi quanto ele considerava também a mim. Fato é que, se alguém almeja ganhar a simpatia de um pai, precisa tratar bem seus filhos. Por outro lado, se quiser a antipatia, basta maltratá-los – certamente a obterá.

Podemos afirmar que funciona de modo semelhante com Deus. Há uma relação entre o amor que manifestamos por Ele e o amor que devemos manifestar por Seus filhos, nossos irmãos na família da fé. Ao apresentar amor pelos filhos de Deus, comprovamos amor a Ele. Entretanto, quando não respeitamos os filhos, desrespeitamos o Pai. Logo, o amor que nutrimos pelo Senhor deve transbordar e tocar a vida de nossos irmãos em Cristo.

Esse amor é uma decisão, e não um sentimento. Não devemos esperar *sentir* a vontade de amar, o que pode nunca acontecer; devemos *decidir* fazê-lo! Como declarou John Stott: "O amor cristão não é vítima de nossas emoções, mas servo de nossa vontade".

SEGUNDO MANDAMENTO

Certa vez, Jesus foi indagado sobre qual seria o principal mandamento. Ao responder, Ele atrelou a um segundo mandamento, sem o qual o primeiro não poderia ser plenamente compreendido:

> *Chegando um dos escribas, que ouviu a discussão entre eles e viu que Jesus tinha dado uma boa resposta, perguntou-lhe:*
> *— Qual é o principal de todos os mandamentos?*
> *Jesus respondeu:*
> *— O principal é: "Escute, ó Israel, o Senhor, nosso Deus, é o único Senhor! Ame o Senhor, seu Deus, de todo o seu coração, de toda a sua alma, de todo o seu entendimento e com toda a sua força". O segundo é: "Ame o seu próximo como você ama a si mesmo". Não há outro mandamento maior do que estes.*
>
> MARCOS 12:28-31

O mesmo Deus que ordenou que O amássemos também ordenou que amássemos o próximo. Se não obedecemos a uma ordem, desobedecemos às duas!

No Antigo Testamento, esses dois mandamentos destacavam-se dos demais. No Novo Testamento, Jesus foi enfático ao declarar um "novo mandamento":

> *Eu lhes dou um NOVO MANDAMENTO: que vocês amem uns aos outros. Assim como eu os amei, que também vocês AMEM UNS AOS OUTROS. Nisto todos conhecerão que vocês são meus discípulos: se tiverem amor uns aos outros.*
>
> João 13:34,35

Vale ressaltar que o "novo mandamento" não anula os demais, presentes na antiga aliança. Pelo contrário, ele os cumpre! Foi o que Paulo ensinou aos romanos:

> *O amor não pratica o mal contra o próximo. Portanto, o cumprimento da lei é o amor.*
>
> Romanos 13:10

A Bíblia sustenta que é impossível amar a Deus se não amarmos o próximo. Watchman Nee, em *Lições para o viver cristão*, declara que "o amor para com Deus e o amor uns para com os outros não podem ser separados". Compartilhei, no Capítulo 2 deste livro, que quem ama ao Senhor também ama o que Ele ama. Isso significa que quem ama a Jesus deve importar-se com as pessoas com as quais Ele Se importa.

Em cada uma das situações em que Pedro afirmou seu amor por Jesus, em resposta, o Senhor pediu que o apóstolo cuidasse de Suas ovelhas. Conclui-se que o amor que nutrimos a Deus em nosso íntimo também precisa transbordar de nós para as pessoas.

Amados, amemo-nos uns aos outros, porque o amor procede de Deus, e todo aquele que ama é nascido de Deus e conhece a Deus. Quem não ama não conhece a Deus, pois Deus é amor.

1João 4:7,8

É bom ressaltar que a manifestação desse amor não implica apenas evangelizar ou dispensar pastoreio, mas oferecer cuidado prático, em questões naturais. Observe como o apóstolo João falou sobre esse princípio:

Nisto conhecemos o amor: que Cristo deu a sua vida por nós; portanto, também nós devemos dar a nossa vida pelos irmãos. Ora, se alguém possui recursos deste mundo e vê seu irmão passar necessidade, mas fecha o coração para essa pessoa, como pode permanecer nele o amor de Deus? Filhinhos, não amemos de palavra, nem da boca para fora, mas de fato e de verdade.

1João 3:16-18

Deus não pede apenas que O amemos, mas que, da mesma forma, também amemos uns aos outros. Toda a nossa declaração de amor a Ele perde o valor se não manifestamos amor pelos demais filhos dEle. Nosso amor ao Senhor não é válido se não atingir a vida de quem nos cerca. Dwayne Roberts, em *Uma coisa*, comenta:

O amor é o fundamento necessário para cumprirmos o primeiro mandamento, seguido de perto pelo segundo mandamento. Nós somente podemos amar a Deus se entendermos o Seu amor por nós, e somente podemos amar uns aos outros se primeiramente entendermos o Seu amor por eles. O transbordar natural de um coração que tocou em Deus é amar o seu próximo como a si mesmo. Quando você ama a Deus, Ele lhe dá compaixão e sensibilidade para com o seu próximo, a sua família, o seu cônjuge, os seus amigos, os seus inimigos, os perdidos [...] por todos, na verdade. Para os que tocaram este Deus de amor, o amor deles se torna maduro e aperfeiçoado.

O amor que declaramos a Deus deve fazer coro com nossas palavras e atitudes para com os outros. De acordo com as Escrituras Sagradas, somente pode amar genuinamente a Deus a pessoa que também ama a seu irmão – não podemos excluir ou ignorar essa parte da Bíblia. Se nosso coração estiver fechado às pessoas, também estará fechado ao Senhor, e isso é muito sério. Observe o que João, o Apóstolo do Amor, declarou:

> *Se alguém disser: "Amo a Deus", mas odiar o seu irmão, esse é mentiroso. Pois quem não ama o seu irmão, a quem vê, não pode amar a Deus, a quem não vê. E o mandamento que dele temos é este: quem ama a Deus, que ame também o seu irmão.*
>
> 1João 4:20,21

REVELANDO DEUS

Deus é amor! Ele não apenas nos ama, Ele é o próprio amor. Isso significa que, quando amamos qualquer pessoa, Ele Se revela ao mundo por meio de nós! Observe o que João, pelo Espírito Santo, afirmou:

> *Nisto consiste o amor: não em que nós tenhamos amado a Deus, mas em que ele nos amou e enviou o seu Filho como propiciação pelos nossos pecados.*
>
> *Amados, se Deus nos amou de tal maneira, nós também devemos amar uns aos outros. Nunca ninguém viu Deus. Se amarmos uns aos outros, Deus permanece em nós, e o seu amor é, em nós, aperfeiçoado.*
>
> 1João 4:10-12

O Texto Sagrado diz que *ninguém jamais viu Deus*. Apesar dos relatos bíblicos de algumas poucas manifestações divinas, denominadas na teologia como "teofanias" – aparições limitadas de Deus –, ninguém jamais O viu em Sua *plena* revelação. Esse Deus que não pode ser visto pelo homem (Êxodo 33:20), no entanto, decidiu revelar-Se de outra forma – quando um filho dEle ama. Deus Se mostra por meio de nós quando amamos! O que não poderia ser visto torna-se visível, manifesto, revelado.

Que verdade poderosa! Quando andamos em amor, mostramos o Deus invisível ao mundo! Por outro lado, quando não amamos, não somente desobedecemos a um mandamento específico da Palavra de Deus, mas também atrapalhamos o propósito divino de revelar-Se aos homens por meio de nossa vida.

O Senhor Jesus, em Sua oração sacerdotal, afirmou que, se os discípulos fossem um, o mundo creria que Deus O havia enviado. Ou seja, aquilo que as pessoas veem em nós pode afetar a maneira pela qual verão Deus. E esta é mais uma das razões para andarmos em amor: Ele será revelado.

> —*Não peço somente por estes, mas também por aqueles que vierem a crer em mim, por meio da palavra que eles falarem, a fim de que todos sejam um. E como tu, ó Pai, estás em mim e eu em ti, também eles estejam em nós, PARA QUE O MUNDO CREIA QUE TU ME ENVIASTE. Eu lhes transmiti a glória que me deste, para que sejam um, como nós o somos; eu neles, e tu em mim, a fim de que sejam aperfeiçoados na unidade, PARA QUE O MUNDO CONHEÇA que tu me enviaste e os amaste, como também amaste a mim* [grifos do autor].
>
> João 17:20-23

PADRÃO DE AMOR

Às vezes, interpretamos erroneamente o que a Bíblia ensina. Amar o próximo não é apenas ajudar alguém ocasionalmente, quando há grande necessidade. É algo que devemos fazer sempre, a todos os que nos rodeiam – e não tem a ver *apenas* com necessidades.

Então qual é o padrão de amor que devemos transbordar sobre outras pessoas?

Já vimos que, depois de ter sido questionado por um escriba a respeito de qual seria o principal de todos os mandamentos, Jesus acrescentou um segundo mandamento, conectando-o ao primeiro:

> *O segundo é: "Ame o seu próximo como você ama a si mesmo". Não há outro mandamento maior do que estes* [grifos do autor].
>
> MARCOS 12:31

Quando deu a conhecer o segundo mandamento, Jesus já explicou *como* cumpri-lo. Ele não só disse para amar o próximo, mas enfatizou que tipo de amor deveria ser ofertado: *como a ti mesmo.* O amor a oferecer deve ser exatamente o mesmo que gostaríamos de receber.

Paulo ensinou esse princípio aos efésios ao abordar a relação entre marido e mulher. Ele falou que o marido deveria cuidar de sua esposa, assim como faz com seu próprio corpo:

> *Assim também o marido deve amar a sua esposa como ama o próprio corpo. Quem ama a esposa ama a si mesmo. Porque ninguém jamais odiou o seu próprio corpo. Ao contrário, o alimenta e cuida dele, como também Cristo faz com a igreja; porque somos membros do seu corpo* [grifos do autor].
>
> EFÉSIOS 5:28-30

Deus quer que ofereçamos aquilo que gostaríamos de receber, e não menos que isso. Essa é a "regra de ouro". Cristo estendeu a fórmula a todas as áreas:

DE TODO O CORAÇÃO

— Não julguem, para que vocês não sejam julgados. Pois com o critério com que vocês julgarem vocês serão julgados; e com a medida com que vocês tiverem medido vocês também serão medidos.

MATEUS 7:1,2

Quem dá julgamento receberá julgamento. Quem mede as pessoas será medido na mesma proporção com que mediu. Não há mistérios na interpretação do princípio – ele é claro e objetivo.

Foi falando dessas coisas que o Mestre ensinou a lei de "dar e receber":

— Não julguem e vocês não serão julgados; não condenem e vocês não serão condenados; perdoem e serão perdoados; deem e lhes será dado; boa medida, prensada, sacudida e transbordante será dada a vocês; porque com a medida com que tiverem medido vocês serão medidos também.

LUCAS 6:37,38

Quem condena recebe condenação. Quem perdoa recebe perdão. Quem dá recebe dádivas de volta. É assim que funciona! É interessante que Jesus resumiu a Lei e os Profetas a esse conceito de dar e receber, o que se aplica não somente ao amor em si, mas ao padrão de amor a ser ofertado ao próximo: na mesma intensidade que gostaríamos de ser amados.

— Portanto, tudo o que vocês querem que os outros façam a vocês, façam também vocês a eles; porque esta é a Lei e os Profetas.

MATEUS 7:12

O que eu quero que os outros façam a mim é exatamente aquilo que eu devo fazer aos outros. Isto posto, vamos ampliar a compreensão: a medida de amor que eu entrego a Deus quando amo Seus filhos é a mesma medida à qual me qualifico como receptor, para receber de volta dEle — também mediante pessoas.

O MESMO AMOR

Durante muito tempo, eu separei os dois grandes mandamentos como se fossem distintos entre si. Embora possuam alvos diferentes — Deus e o próximo —, descobri que ambos, na verdade, são um único tipo de amor. Isso porque o amor que devemos expressar às pessoas é simplesmente uma extensão de nosso amor a Deus. O amor direcionado a Deus transborda e atinge o próximo, de modo que trata-se do mesmo amor.

Há vários textos bíblicos que demonstram que, ao fazer alguma coisa pelas pessoas, fazemos ao Senhor. É por isso que não é errado dizer que, ao amar as pessoas, também amamos ao Senhor. Devemos fazer transbordar nosso amor ao Senhor para atingir aqueles que são amados por Deus — independentemente de serem cristãos ou não.

> *Quem se compadece do pobre empresta ao Senhor, e este lhe retribuirá o benefício.*
>
> Provérbios 19:17

Esse texto bíblico revela que quem faz alguma coisa pelo pobre está fazendo para o próprio Deus. Além disso, haverá recompensa da parte do Senhor para o que ajudou, como se tivesse feito diretamente a Deus. Veja como Jesus aborda esse aspecto da vida cristã quando explica o julgamento das nações:

> *— Quando o Filho do Homem vier na sua majestade e todos os anjos com ele, então se assentará no trono da sua glória. Todas as nações serão reunidas em sua presença, e ele separará uns dos*

DE TODO O CORAÇÃO

outros, como o pastor separa as ovelhas dos cabritos: porá as ovelhas à sua direita e os cabritos, à sua esquerda.

— Então o Rei dirá aos que estiverem à sua direita: "Venham, benditos de meu Pai! Venham herdar o Reino que está preparado para vocês desde a fundação do mundo. Porque tive fome, e vocês ME DERAM DE COMER; tive sede, e vocês ME DERAM DE BEBER; eu era forasteiro, e vocês ME HOSPEDARAM; eu estava nu, e vocês ME VESTIRAM; enfermo, e ME VISITARAM; preso, e FORAM ME VER".

— Então os justos perguntarão: "Quando foi que vimos o senhor com fome e lhe demos de comer? Ou com sede e lhe demos de beber? E quando foi que vimos o senhor como forasteiro e o hospedamos? Ou nu e o vestimos? E quando foi que vimos o senhor enfermo ou preso e fomos visitá-lo?"

— O Rei, respondendo, lhes dirá: "Em verdade lhes digo que, SEMPRE QUE O FIZERAM A UM DESTES MEUS PEQUENINOS IRMÃOS, FOI A MIM QUE O FIZERAM" [grifos do autor].

MATEUS 25:31-40

Se você ama ao Senhor, mas tem dificuldades para amar as pessoas, basta você entender – ou lançar-se em um exercício de imaginação – que, ao vestir ou visitar alguém, você estará vestindo ou visitando Cristo; ao alimentar ou acolher alguém, você estará alimentando ou acolhendo Cristo.

Fomos chamados a amar ao Senhor Jesus e a transbordar esse mesmo amor, que nutrimos por Ele, sobre outros seres humanos. Não são dois tipos de amor; trata-se do mesmo amor sendo liberado em duas direções!

Não há como separar. Se não conseguimos amar as pessoas, a razão está na fonte: também não amamos a Deus como deveríamos.

Todo aquele que crê que Jesus é o Cristo é nascido de Deus, e QUEM AMA AQUELE QUE O GEROU AMA TAMBÉM O QUE DELE É NASCIDO.

NISTO SABEMOS QUE AMAMOS OS FILHOS DE DEUS: QUANDO AMAMOS A DEUS e praticamos os seus mandamentos [grifos do autor].

1João 5:1,2

O que João está dizendo é o seguinte: "todo aquele que ama a Deus, que foi quem o gerou, também ama ao que dEle é nascido, ou seja, os filhos de Deus". Mais que isso, o apóstolo está relacionando diretamente o amor aos filhos de Deus ao amor a Deus – aquele é demonstrado por este. Em outras palavras, o amor que entregamos ao Senhor também deve atingir nossos irmãos – o mesmo amor. Não faz sentido ter um, e não o outro. Se um falha, provavelmente também há defeito no outro.

Outro trecho bíblico explica como amar ao próximo é indissociável de *estar em* Deus. Veja:

A mensagem que dele ouvimos e que anunciamos a vocês é esta: Deus é luz, e não há nele treva nenhuma.

1João 1:5

Deus é luz. Quem está reconciliado com Ele anda na luz, quem O ama anda na luz. Por outro lado, quem está separado dEle encontra-se em trevas. Há, entretanto, uma maneira de comprovar essa ligação com Deus: quando amamos ou não uns aos outros. O amor ao próximo confirma se estamos nEle e, portanto, se vivemos na luz. A Bíblia é muito clara a esse respeito:

Quem diz estar na luz, mas odeia o seu irmão, está nas trevas até agora. Quem ama o seu irmão permanece na luz, e nele não há nenhum tropeço.

1João 2:9,10

Precisamos fazer transbordar nosso amor ao Senhor sobre nossos irmãos, senão caímos no erro que já discutimos:

DE TODO O CORAÇÃO

ao descumprir uma coisa, desobedecemos em todas. O que nos enche deve extravasar e tocar outras pessoas. Encare com a seriedade devida: isso não é uma opção, e sim um mandamento de Deus!

> *E o mandamento que dele temos é este: QUEM AMA A DEUS, QUE AME TAMBÉM O SEU IRMÃO* [grifos do autor].

1João 4:21

Porque O amo, amo aos que Ele ama. Que o Senhor nos ajude a crescer em amor para com Ele e, como extensão, para com toda a Sua Família!

Amor total

por Israel Subirá

Quanto mais um verdadeiro cristão ama a Deus, mais deseja amá-lO e mais inquieto fica por sua falta de amor por Ele.
Jonathan Edwards

Eu cresci em um lar no qual se ensinava muito sobre amar ao Senhor de todo o coração. Não apenas falava-se muito sobre o assunto, mas também exemplo e testemunho estavam estampados na vida de meus pais. Uma das mais fortes memórias que carrego comigo diz respeito à intensidade e à paixão com que eles sempre se desdobravam pelo Reino de Deus. Não uma nem duas vezes presenciei amor sacrificial, entrega, desprendimento.

Por conta desse amor fervoroso demonstrado dia após dia por meus pais, o caminho logo tornou-se claro para mim e para minha irmãzinha – nós abraçamos o propósito de viver em amor a Jesus de todo o coração, de toda a alma e com todas as nossas forças, até que nada mais importasse. O conceito que nos moveu foi exatamente o que você já leu no primeiro capítulo:

DE TODO O CORAÇÃO

> Deus não somente pede que o amor seja de coração, alma, entendimento e forças, mas *define a intensidade*: de *todo* o coração, de *toda* a alma, de *todo* o entendimento e de *todas* as forças. Ele Se manifestou tremendamente exigente: não deseja de nós amor parcial. Nada O satisfaz, a não ser amor total, isto é, cada parte aplicada completamente em amor.

Cedo eu tive acesso a esse ensino e cedo apliquei-me a ele, mas houve um momento em que a mensagem gritou. Eu já entendia enquanto espectador da vida de meus pais e também como um aluno dedicado, até que fui lançado abaixo da superfície – tudo se ampliou. Comecei a entender, com mais profundidade, que ser protagonista de uma história de amor total ao Senhor não combina com quem estabelece limites para o amor. É sobre isso que passo a compartilhar agora, sentindo-me honrado pelo espaço em um livro de conteúdo tão essencial, tão relevante e tão mais prático do que se imagina.

Depois de crescido, já cursando faculdade de Teologia, uma experiência me marcou. Antes de relatar, contudo, é importante que eu descreva um pouco mais o pano de fundo. Mesmo garoto, fui impactado pelo amor divino e compreendi o claro convite a retribuir. Entendi a importância de separar-me para viver de acordo com princípios bíblicos e leis espirituais que regem nossa realidade, um privilégio pelo qual sou extremamente grato – espero, um dia, proporcionar o mesmo aos meus filhos. Minha percepção acerca do amor que o Senhor deseja receber de nós, entretanto, limitava-se a cultos e reuniões com os irmãos; coisas que, evidentemente, são boas, mas não são tudo. O verdadeiro amor não se limita a isso. Na verdade, não se limita a nada – exige tudo, intensamente e continuamente.

O que você pensaria de um marido que, em casa, trata bem a esposa, faz declarações de amor, mima-a com as surpresinhas mais românticas, até prepara uma refeição especial para surpreendê-la, mas, em seguida, sai para curtir a noite com outras mulheres? Seria um absurdo definir esse comportamento como amor, certo? Amar o cônjuge apenas em um momento, ou em um dia da semana, não é o suficiente. Quando um homem e uma mulher unem-se pela aliança do casamento, dizendo "sim" um ao outro, também estão, a partir daquele momento, dizendo "não" para o resto do mundo. Dentro daquele compromisso de exclusividade, só há espaço para o amor de um ao outro, todos os dias, independentemente da situação.

No cenário do marido que se divide entre a esposa e outras mulheres, nós gritamos que a postura do sujeito é inaceitável. Infiel! Hipócrita! Com Deus, no entanto, agimos como se houvesse diferentes regras de aliança e compromisso. É totalmente contraditório! Por que deduzir que o Criador estaria satisfeito com amor intenso dispensado em apenas um dia da semana ou, eventualmente, em cultos e conferências?

Isso me leva de volta à experiência que tive na faculdade. Eu estava estudando hermenêutica, interpretação das Escrituras com base nas próprias Escrituras, quando decidi aproveitar alguns dos exercícios da disciplina para turbinar meu momento devocional. Pensei em qual passagem bíblica meditar naquele novo formato e lembrei desta:

> *Chegando um dos escribas, que ouviu a discussão entre eles e viu que Jesus tinha dado uma boa resposta, perguntou-lhe:*
> *— Qual é o principal de todos os mandamentos?*
> *Jesus respondeu:*
> *— O principal é: "Escute, ó Israel, o Senhor, nosso Deus, é o único Senhor! Ame o Senhor, seu Deus, de* TODO *o seu coração, de* TODA *a sua alma, de* TODO *o seu entendimento e com* TODA *a sua força". O segundo é: "Ame o seu próximo como você ama a si mesmo". Não há outro mandamento maior do que estes.*
> *Então o escriba disse:*

DE TODO O CORAÇÃO

— *Muito bem, Mestre! E com verdade o senhor disse que ele é o único, e não há outro além dele, e que amar a Deus de todo o coração e de todo o entendimento e com todas as forças e amar o próximo como a si mesmo é mais do que todos os holocaustos e sacrifícios.*

Vendo Jesus que o escriba havia respondido sabiamente, declarou-lhe:

— *Você não está longe do Reino de Deus.*

E ninguém mais ousava fazer perguntas a Jesus.

MARCOS 12:28-34

Temos um episódio digno de atenção e reflexão. Um escriba decide perguntar a Jesus qual é o principal mandamento, ou seja, o mais importante. Penso que subestimamos a importância dessa história. Sinceramente, precisamos admitir que muitos de nós – provavelmente a maioria – gostaria de fazer a mesma pergunta ao Senhor. Que incrível ter a resposta, registrada nas Escrituras, a um questionamento atemporal!

Vale lembrar que os escribas eram pessoas que conheciam muito bem a Palavra de Deus; eles não eram chamados de "mestres da lei" à toa. O trabalho deles consistia em ler e, cuidadosamente, fazer cópias, em formato de pergaminhos, dos livros que compõem as Escrituras. Tudo era feito manualmente; portanto, exigia precisão e perfeição. Os escribas tinham que contar o número de letras, de frente para trás e de trás para a frente. Se houvesse ao menos um errinho no pergaminho inteiro, tudo era descartado, e o escriba devia começar novamente o trabalho. Precisava ser impecável.

Agora analise mais uma vez o homem que se aproximou de Jesus para fazer aquela importante pergunta. Não era alguém que não entendia da Palavra de Deus. Muito pelo contrário! Possivelmente, impressionado com os ensinamentos de Cristo, o escriba perguntou o que queimava em seu coração: "Qual é o mandamento mais importante?"

Eu imagino a multidão olhando para o escriba, para Jesus, para o escriba de novo... Qual seria a resposta? O Mestre, então, cita um trecho das Escrituras. Pelo início da resposta, fica claro que se tratava de Deuteronômio 6:4,5: *O principal é: "Escute, Israel, o Senhor, nosso Deus, é o único Senhor! Portanto, ame o Senhor, seu Deus, de todo o seu coração, de toda a sua alma e com toda a sua força".*

Normalmente, dispensamos o início do texto e partimos logo para a parte em que Jesus diz: *Ame o Senhor, seu Deus.* Porém, quando Ele disse: *Escute, Israel,* a plateia toda identificou a referência. Imagine se, hoje, Cristo começasse a falar "Três palavrinhas só..." – em segundos, todo mundo já teria feito a conexão com a música. No começo da pregação do Messias, praticamente todos os ouvintes ligaram o modo "já sei o que Ele vai dizer".

De acordo com a tradição judaica, aquele trecho de Deuteronômio era orado todos os dias, de manhã e à tarde. Não era nada novo para o escriba, tampouco para a multidão. Imagino que eles esperavam de Jesus a mais nova fórmula do sucesso, mas o que receberam, ironicamente, foi um texto extremamente conhecido, batido, decorado – talvez alguns tenham ficado decepcionados.

O escriba, não. Pelo entusiasmo da resposta, eu me permito supor que a revelação queimou no coração dele: *Muito bem, Mestre! E com verdade o senhor disse que ele é o único, e não há outro além dele, e que amar a Deus de todo o coração e de todo o entendimento e com todas as forças e amar o próximo como a si mesmo É MAIS DO QUE TODOS OS HOLOCAUSTOS E SACRIFÍCIOS.*

Agora Jesus é quem fica impressionado, porque o homem entendera a essência.

Amar ao Senhor de todo o coração excede, vai além, é mais do que holocaustos e sacrifícios – e o escriba entendia isso, mesmo inserido em uma cultura baseada, justamente, em holocaustos e sacrifícios. Amar ao Senhor de todo o coração é o foco; mas não se trata de fria religião, e sim de relacionamento intenso, fervoroso, apaixonado.

Cristo acusou o povo de Israel de ferir o Senhor por, repetidamente, cumprir uma lista de regras, celebrando cultos e trazendo ofertas, mas com o coração distante dEle:

> *Jesus respondeu:*
> *— Bem profetizou Isaías a respeito de vocês, hipócritas, como está escrito: "Este povo me honra com os lábios, mas o seu coração está longe de mim".*
>
> Marcos 7:6

Bom, foi com esse contexto em mente que me aventurei a fazer aquele exercício de hermenêutica. Utilizei as três palavras-chave do mandamento considerado pelo Senhor Jesus como *o mais importante*: coração, alma e força.

Do evangelho de Marcos, parti para o texto que Jesus fez referência:

> *— Escute, Israel, o Senhor, nosso Deus, é o único Senhor. Portanto, ame o Senhor, seu Deus, de todo o seu coração, de toda a sua alma e com toda a sua força.*
>
> Deuteronômio 6:4,5

É interessante notar que, diferente do registro de Marcos, a citação do Antigo Testamento destaca três – e não quatro – características de intensidade que devemos aplicar ao amor: de todo o coração, de toda a alma e de toda a força.

Esse sempre foi um questionamento do meu pai, como ele explicou na Apresentação deste livro. Ele desejava entender o porquê da diferença entre o que estava em Deuteronômio e a fala de Jesus registrada no Novo Testamento. Desde que a primeira edição foi lançada, dez anos antes desta, a ideia do meu pai já era acrescentar um capítulo chamado "Amor total", mas ele sentia que faltava entender algo. E ele encontrou a peça para completar o quebra-cabeça quando viu o esboço da mensagem que eu pregaria em nossa igreja, Comunidade Alcance de Curitiba (PR).

Em determinado ponto da pregação, eu falaria da meditação que fiz com aqueles exercícios de hermenêutica. Coincidentemente – ou não –, minha análise era sobre os dois trechos bíblicos que ele tinha dúvida. Quando leu meu relato, ele encontrou luz para resolver o dilema do três em um, quatro em outro. Então vamos lá!

AME AO SENHOR COM TODO O SEU MUITO

Algo me chamou a atenção enquanto eu estudava a terceira expressão de *amor total* citada em Deuteronômio: *com todas as forças*. A palavra traduzida por "força", no original hebraico, é *meod* (מְאֹד). Embora como substantivo signifique "poder, força, abundância", normalmente é empregada como advérbio de intensidade: "extremamente, muito".

Lembrei-me de que havia um estudo a respeito desse termo em um canal do YouTube, que me edifica muito, chamado *The Bible Project* – fui atrás e assisti. O vídeo assegurava que, por padrão, o uso bíblico da palavra *meod* dava-se como advérbio de intensidade. Decidi estudar mais, para conferir se era mesmo assim.

Realmente, na maioria das vezes em que o termo foi utilizado na Bíblia, o sentido é de intensidade. Em Gênesis 1:31, vemos que Deus olhou para aquilo que criou e disse que era *meod* bom. Ou seja, muito bom! Em Gênesis 4:5, quando lemos que Caim se zanga com Abel, as Escrituras registram que ele ficou *meod* irado, isto é, sobremaneira irado. Gênesis 12:14 diz que

DE TODO O CORAÇÃO

Sara era *meod* formosa. Números 12:3 diz que Moisés era *meod* manso. E a lista vai longe.

Enfim, depois de um exame detalhado, constatei que, sempre que aparecia no Antigo Testamento, era como advérbio, com o propósito de intensificar outra expressão. Utilizando algumas ferramentas de consulta, como o *Léxico de Strong*, não encontrei nenhuma vez em que *meod* foi empregado sozinho – com exceção de Deuteronômio 6:5. É como dizer: "Eu estou muito". Muito o quê? Há um leque de possibilidades para completar a frase. Você percebe a profundidade? Um advérbio de intensidade que foi deixado em aberto! Uau!

O Novo Testamento foi escrito em grego. Em Marcos, no trecho em que Jesus cita Deuteronômio, a palavra grega que o evangelista utilizou para fazer referência a *meod* é *ischus*, substantivo, que Strong explica como "força, poder". Veja que traduzir o advérbio *meod* pelo substantivo *ischus*, indicando força, não pode ser classificado como um erro. Contudo, há uma diferença na mensagem de Jesus que acredito ter sido intencional da parte dele. Ele não errou na hora de citar. A ideia era ensinar um princípio.

Vamos revisar. Em Deuteronômio, fala-se de amar de três formas: de todo o coração, de toda a alma e com todas as forças. "Forças" é tradução de *meod* como substantivo, o que não era comum utilizar, então vamos mudar para: de todo o coração, de toda a alma e de todo o *muito*.

Jesus, por outro lado, fala sobre amar com totalidade em quatro âmbitos: coração, alma, entendimento e forças – o termo grego utilizado aqui para "forças" é *ischus*, substantivo. Mas que texto Jesus citava? Aquele que continha o hebraico *meod*, massivamente aplicado como advérbio.

É precisamente nessa comparação entre original, citação, tradução e usos que se revela um belo mistério. Assim como acredito que o jogo de palavras tenha sido de propósito, também creio que o Mestre não estava apenas acrescentando o quarto tópico, "entendimento", à lista tríplice registrada por Moisés, mas estava ampliando a interpretação de *meod*. Ele queria mostrar que a antiga lista não foi concluída. Com aquele advérbio, ela poderia ganhar complementos – "entendimento" e até mesmo "força" foram apenas dois que o próprio Jesus sugeriu, mas muitos outros ainda poderiam ser acrescentados.

Vimos que *meod* não costumava ser usado isoladamente, certo? Se você olhar para a língua portuguesa, fica fácil perceber que "muito" é sempre companheira de outra palavra. Ela pede uma continuação. Ela decreta que, qualquer que seja seu complemento, seja marcado de intensidade. Diante disso, em minha leitura, penso que Cristo estava explicando a Lei assim: "Ame ao Senhor, seu Deus, com todo o seu coração, com toda a sua alma e com todo o seu *muito*...". É isso, reticências, em aberto. O que você quiser acrescentar, ampliando o conceito de amor total, acrescente, mas precisa ser "muito", precisa ser *meod*, precisa de intensidade.

Hipoteticamente, se eu tivesse que me colocar no lugar de Jesus, teria falado assim: "Pessoal, ficou uma isca lá na Lei – *meod* – que pode pescar muitos outros aspectos do amor ao Senhor, desde que sejam vividos em intensidade. Eu digo um que não estava na primeira lista: 'entendimento'. Também digo outro: 'forças', para fazer um jogo de palavras com *meod*. Mas é só para mostrar que você pode colocar qualquer expressão de amor que desejar, apenas não esqueça que é obrigatório aplicar intensidade. Quero seu *muito* em tudo. Ame a mim com todo o seu *muito*".

Nesse sentido, em lugar de *muito*, poderia vir "entendimento", "força" ou qualquer outra coisa, desde que fique claro: o cerne é a *intensidade*. Qualquer aspecto do amor ao Senhor precisa carregar um *meod* – precisa ser com tudo, e não só com um pouco. Isso significa amor total.

Entender essa verdade foi impactante. Não posso negar quanto esse *muito* passou a chamar minha atenção – um *muito* que o Senhor deixou em aberto para eu completar com *tudo*.

Como cristãos, somos chamados a ser o povo mais intenso da terra. Que essa intensidade seja entendida e aplicada em todas as áreas, em qualquer coisa, em todo o tempo!

INTENSOS E DEDICADOS EM TUDO

A Palavra de Deus claramente chama-nos a amar ao Senhor com tudo o que somos e tudo o que temos. Isso quer dizer que não se ama quando se faz uma serenata ou uma vigília, mas com a vida inteira. Amar não é falar que ama, mas viver amor em todo lugar, toda hora, na intensidade que o próprio Amado pede: *muito*, total.

É por isso que Paulo ensinou a fazer todas as coisas como se fosse para Deus, e não para os homens:

> *Tudo quanto fizerdes, fazei-o de todo o coração, como para o Senhor e não para homens, cientes de que recebereis do Senhor a recompensa da herança. A Cristo, o Senhor, é que estais servindo.*
>
> Colossenses 3:23,24, *ARA*

Quer dizer que um cristão que trabalha não trabalha apenas para seu chefe terreno, mas primeiramente para Deus. Um aluno cristão não deve excelência apenas a seus professores, mas primeiramente a Deus. Um cristão deveria diferenciar-se do resto da sociedade, porque possui a mais nobre motivação ao fazer tudo o que faz: agradar ao Criador.

Como assim? Quer dizer que Deus não está interessado apenas em como eu oro, leio a Bíblia ou se fui ao culto de domingo?

Não, claro que não! Muitas vezes, carregamos essa concepção errônea de que Deus está apenas parcialmente interessado em nossa vida. E o principal problema é que isso só desperta em nós amor *parcial*.

Nós O amamos porque o Senhor nos amou primeiro (1João 4:19). Logo, nosso amor é sempre uma resposta ao amor divino. Se eu tenho uma revelação limitada do amor de Deus, portanto, oferecerei um amor igualmente limitado.

Algo mudou em minha vida, na adolescência, quando descobri que Deus estava completamente interessado em mim. Eu andava muito de ônibus para ir e voltar do trabalho e tentava aproveitar o percurso para ler a Palavra de Deus, além de outros livros edificantes. Passei a ter encontros com a presença de Deus naquele ambiente público e, acredite, eu cheguei até mesmo a chorar – várias vezes – na frente de todo mundo.

Não sei dizer quantas vezes fui tomado pela presença dEle enquanto lavava a louça em minha casa, fazendo trabalhos da faculdade.

Nós enfatizamos muito a importância de gastar tempo no secreto, de gastar tempo na presença de Deus, mas o que o Senhor quer fazer não termina no secreto, apenas começa ali. Depois, quando saímos daquele lugar, levamos algo conosco!

Essa é a ideia divina de amor total. Não há nada que deva ficar de fora, não há momento que não seja hora de amá-lO, não há atitude que não seja para Ele. Voltando para o exemplo de um marido que está integralmente comprometido com sua esposa, assim também o cristão deve estar completamente, 24 horas por dia e 7 dias por semana, comprometido com Cristo – em amor.

Muitos problemas vêm com o pensamento de que nossa entrega não precisa ser completa, ou que o nosso relacionamento não necessita ser integral. Um dos principais é a errônea separação entre uns que precisam viver radicalmente para o Senhor e outros que estão liberados disso. Normalmente, o radicalismo acaba sendo terceirizado à família do pastor, ou aos ministros de louvor. Esse pensamento é mais popular do que você imagina, e eu posso provar para você com uma simples série de perguntas:

DE TODO O CORAÇÃO

Se um engenheiro recebe uma proposta pra ganhar duas vezes mais, não seria uma bênção ele aceitar esse novo emprego?

Se um advogado recebesse uma proposta para ganhar três vezes mais do que em seu emprego atual, ele só teria que mudar de cidade, não seria uma bênção?

E se um pastor recebesse uma proposta para ganhar mais, só que pastoreando uma igreja diferente?

Eu não sei quanto a você, mas quando ouvi essas perguntas, na abertura de uma mensagem do pastor Craig Groeschel, que admiro muito, imediatamente caí na risada. Eu ri ao perceber como eu me alegrei pelo advogado e o engenheiro, mas, imediatamente, fechei-me com o exemplo do pastor.

"Ah, mas o pastor tem que orar sobre o assunto, ele tem que responder a Deus!"

Ué, e o advogado e o engenheiro não devem orar também?

Escutem, agora, vocês que dizem: "Hoje ou amanhã, iremos para a cidade tal, e lá passaremos um ano, e faremos negócios, e teremos lucros". Vocês não sabem o que acontecerá amanhã. O que é a vida de vocês? Vocês não passam de neblina que aparece por um instante e logo se dissipa. Em vez disso, deveriam dizer: "Se Deus quiser, não só viveremos, como também faremos isto ou aquilo".

TIAGO 4:13-15

Todo cristão desistiu da própria vida quando passou a servir ao Senhor! Ou seja, nós não somos mais de nós mesmos. Pelo contrário, somos chamados a negar a nós mesmos, tomar nossa cruz e seguir Jesus! Tudo o que fizermos, deve ser para honra e glória do Senhor, como bons soldados que servem Àquele que os alistou.

Por algum motivo, entretanto, achamos que essa vida não é para todos. Acreditamos que é normal terceirizar o convite divine de amor total, de radicalidade. Esse chamado não é para alguns, e sim para todos, sem exceção – não sou eu quem está dizendo, é a Bíblia. O convite a amar com tudo que somos e temos, intensamente, não foi direcionado a alguma família específica, mas para todos os homens e todas as mulheres!

Esse problema não é de hoje. Desde o Antigo Testamento, vemos o preço da intimidade sendo terceirizado.

Em Êxodo 18, o Senhor manifesta Seu desejo de falar para que *todo* o povo ouça, mas no capítulo seguinte, quando o povo nota os trovões, a fumaça e o tremor, eles pedem que Deus fale com Moisés e, depois, que Moisés fale com eles. Em outras palavras: "Fale com ele, Deus. Depois, ele me conta".

Pode parecer um absurdo, mas essa é a mesma atitude de um cristão que frequenta a igreja aos domingos, mas não busca o Senhor durante a semana. Que não paga o preço da intimidade no lugar secreto e vive apenas de *fast-food espiritual*. É dependente do relacionamento de seus líderes com Deus.

Eu não estou dizendo que ser abençoado pelo ensino de seu pastor no culto de domingo é algo ruim. É importante e necessário! Mas isso não pode substituir o relacionamento que o Senhor deseja ter com você, todos os dias, sem intermediários. Assim como não era o desejo de Deus que o povo se escondesse atrás de Moisés, o Senhor também espera que você vá diretamente a Ele, até a fonte, para ouvir o que Ele quer dizer especificamente a você.

Eu cresci escutando repetidas vezes a pergunta: "Israel, você sente muita pressão por ser filho de pastor?" Sinceramente, não por ser *filho de pastor*, porque a pressão que sinto é muito maior – é a pressão por ser *filho de Deus*!

Em casa, aprendi que fazíamos o que fazíamos porque servíamos ao Senhor, e não porque éramos a família do pastor. Precisamos entender que a barra não é mais pesada para uns do que para outros. Uma vez que passamos a caminhar com o Senhor, somos todos Seus filhos e todos chamados a amá-lo

DE TODO O CORAÇÃO

totalmente – não apenas com intensidade, mas com intensidade todos os dias, em qualquer lugar, constantemente, sem diminuir a responsabilidade de dar tudo, e não só alguns pedaços.

Como filhos do Pai Celestial, somos filhos em todo o tempo. Precisamos ter compromisso integral com os negócios de nosso Pai. Como noiva de Cristo, somos noiva o tempo todo. Precisamos ter fidelidade completa e preocupar-nos integralmente com os negócios do Noivo. Como cristãos, seguimos servindo a Cristo com toda a honra, com toda a excelência e com todo o fervor que Ele merece.

Amá-lO com todo o nosso *muito* é mais do que um sentimento; é uma entrega prática, completa e intensa de tudo que se refere a nós – por dentro e por fora, em qualquer ambiente ou circunstância. É viver intensamente por Ele, sem reter nada, sem limitar o trabalhar dEle a uma ou outra área, sem reduzir o relacionamento a um ou dois dias por semana.

Não deixe mais que seja uma opção oferecer a Deus parcialidade e mornidão. Ame a Deus com o seu *muito*, ame a Deus com o seu *tudo*. Usando as palavras de meu pai, só interessa *amor total*.

Referências Bibliográficas

Anônimo. *A nuvem do não-saber*. Petrópolis/RJ: Vozes, 2013.

Bevere, John. *A história do casamento*. Rio de Janeiro/RJ, Luz Às Nações, 2015.

_____. *Um coração ardente: acendendo o amor por Deus*. Rio de Janeiro/RJ: Luz às Nações, 2016.

Bickle, Mike. *Paixão por Jesus: cultivando um amor extravagante por Deus*. Rio de Janeiro/RJ: Graça Editorial, 2016.

_____. *Segundo o coração de Deus: a chave para conhecer e viver o amor apaixonado de Deus por você*. Florianópolis/SC: FHOP Books, 2018.

Bonhoeffer, Dietrich. *Discipulado*. São Paulo/SP: Mundo Cristão, 2016.

Brower, Kent. *Novo comentário bíblico Beacon (Marcos)*. Rio de Janeiro/RJ: Central Gospel, 2018.

Chambers, Oswald. *Conforme a sua imagem*. Belo Horizonte/MG: Betânia, 2002.

Clemente. *Pais apostólicos*. São Paulo/SP: Mundo Cristão, 2017.

Costa, Hermisten. *Calvino de A a Z*. São Paulo/SP: Vida, 2006.

Ferguson, Everett. *História da Igreja (volume 1)*. Rio de Janeiro/RJ: Central Gospel, 2017.

Henry, Matthew. *Comentário bíblico – Novo Testamento*. Rio de Janeiro/RJ: CPAD, 2018.

KEENER, Craig S. *Comentário histórico-cultural da Bíblia – Novo Testamento*. São Paulo/SP: Vida Nova, 2017.

KEMPIS, Tomás de. *Imitação de Cristo*. São Paulo/SP: Mundo Cristão, 2017.

FOX, John. *O livro dos mártires*. Rio de Janeiro/RJ: CPAD, 2006.

LAWRENCE, Irmão e LAUBACH, Frank. *Praticando a presença de Deus: como alcançar a vida cristã profunda*. Rio de Janeiro/RJ: Danprewan, 2014.

MOLINOS, Miguel de. *The spiritual guide*. Londres: Methune, 1950.

MURRAY, Andrew. *O Espírito de Cristo*. Campinas/SP: Editora dos Clássicos, 2013.

NEALE, David A. *Novo comentário bíblico Beacon (Lucas)*. Rio de Janeiro/RJ: Central Gospel, 2015.

NEE, Watchman. *Lições para o viver cristão*. São Paulo/SP: Árvore da Vida, 1999.

PFEIFFER, Charles F., VOS, Howard F. e REA, John. *Dicionário bíblico Wycliffe*. Rio de Janeiro/RJ: CPAD, 2018.

ROBERTS, Dwayne. *Uma coisa: buscando corajosamente tudo o que é importante*. Curitiba/PR: Orvalho.Com, 2011.

SHEETS, Dutch. *O meu maior prazer: uma jornada à amizade íntima com Deus*. Rio de Janeiro/RJ: Luz às Nações, 2014.

SORGE, Bob. *Segredos do lugar secreto: chaves para reacender seu desejo de buscar a Deus*. Belo Horizonte/MG: Atos, 2010.

STOTT, John. *O discípulo radical*. Viçosa/MG: Ultimato, 2011.

SUBIRÁ, Luciano. *A outra face dos milagres*. Curitiba/PR: Orvalho.Com, 2005.

_____. *O agir invisível de Deus*. São Paulo/SP: Vida, 2019.

_____. *Uma questão de honra: o valor do dinheiro na adoração*. Curitiba/PR: Orvalho.Com, 2015.

REFERÊNCIAS BIBLIOGRÁFICAS

TOZER, Aiden Wilson. *Em busca de Deus: minha alma anseia por ti*. São Paulo/SP: Vida, 2017.

_____. *O conhecimento do Santo*. Americana/SP: Impacto, 2018.

_____. *Verdadeiras profecias para uma alma em busca de Deus*. São Paulo: Editora dos Clássicos, 2003.

VINE, W. E., UNGER; Merrill F. e WHITE JR., William. *Dicionário Vine*. Rio de Janeiro/RJ: CPAD, 2002.

WOODBRIDGE, D. e JAMES III, Frank A. *História da Igreja – Volume II: da Pré-Reforma aos dias atuais*. Rio de Janeiro/RJ: Central Gospel, 2017.

Notas

Todas as citações bíblicas, salvo menção contrária, foram extraídas da versão *Nova Almeida Atualizada*, da Sociedade Bíblica do Brasil. As indicações de outras versões foram feitas mediante as siglas:

ARA – Almeida Revista e Atualizada (Sociedade Bíblica do Brasil, 2017).

ARC – Almeida Revista e Corrigida (Sociedade Bíblica do Brasil, 2009).

TB – Tradução Brasileira (Sociedade Bíblica do Brasil, 2010).

NVI – Nova Versão Internacional (2011).

NVT – Nova Versão Transformadora (Mundo Cristão, 2017).

Todas as citações do *Léxico de Strong* foram extraídas da versão *on-line* do aplicativo *Bible Study*, da *Olive Tree*, da versão portuguesa *Almeida com Números de Strong*.

Sua opinião é importante para nós.
Por gentileza, envie-nos seus comentários pelo e-mail:

editorial@hagnos.com.br

Visite nosso site:

www.hagnos.com.br